Calmaria Forçada

ROSANE MONTALVÃO

CALMARIA FORÇADA

GERAÇÃO

Copyright © by Rosane Montalvão
1ª edição — Novembro de 2021

Grafia atualizada segundo o Acordo Ortográfico da Língua Portuguesa de 1990, que entrou em vigor no Brasil em 2009.

Editor e Publisher
Luiz Fernando Emediato

Diretora Editorial
Fernanda Emediato

Assistente Editorial
Ana Paula Lou

Capa, Projeto Gráfico e Diagramação
Alan Maia

Ilustrações da capa
Ramon Rodrigues

Preparação
Josias Andrade

Revisão
Ana Maria Fiorini

Dados Internacionais de Catalogação na Publicação (CIP) de acordo com ISBD

M763c   Montalvão, Rosane
           Calmaria Forçada / Rosane Montalvão. - São Paulo : Geração Editorial, 2021.
           160 p. : 15,6cmx 23cm.

           ISBN: 978-65-5647-048-1

           1. Literatura brasileira. 2. Romance. 3. Ficção. 4. Terror. I. Título.

2021-3836   CDD 869.89923
                                  CDU 821.134.3(81)-31

Elaborado por Vagner Rodolfo da Silva - CRB-8/9410

Índice para catálogo sistemático:
Literatura brasileira: Romance   869.89923
Literatura brasileira: Romance   821.134.3(81)-31

GERAÇÃO EDITORIAL
Rua João Pereira, 81 — Lapa
CEP: 05074-070 — São Paulo — SP
Telefone: +55 11 3256-4444
E-mail: geracaoeditorial@geracaoeditorial.com.br
www.geracaoeditorial.com.br

Impresso no Brasil
Printed in Brazil

*Existem também os rebeldes à luz,
que não conhecem seus caminhos
nem ficam em suas veredas*

Jó, 24:13

Sumário

Capítulo 1
Maternidade amputada..9

Capítulo 2
Rostos entubados..23

Capítulo 3
Aborto da sensatez..31

Capítulo 4
Paternidade farsante...49

Capítulo 5
Aceitem o irreversível!..55

Capítulo 6
A lacuna do tempo...61

Capítulo 7
Devemos orar?...69

Capítulo 8
As sombras assombram...77

Capítulo 9
Outras criaturas saem das sombras 89

Capítulo 10
Um discípulo da loucura 99

Capítulo 11
Sentimento cáustico 107

Capítulo 12
Teve suas chances, meu caro 119

Capítulo 13
Preste atenção somente em mim! 125

Capítulo 14
Não haverá quem te salve 131

Capítulo 15
Alguém... por favor, alguém... 137

Capítulo 16
Não... Não... 143

Capítulo 17
Calmaria forçada 157

Capítulo 1

Maternidade amputada

Longe de incomodar Alana, o breu que toma conta da sala acolhe sua dor. Desde que se encontra sentada em sua cadeira habitual, a escuridão engoliu o cenário, no qual se destaca apenas o brilho dos talheres de prata. Intacta, a mesa por ela arrumada com esmero no dia anterior é o retrato do jantar malogrado pela ausência de um dos convidados. No ar paira uma atmosfera de tragédia, e o relógio, antes a todo momento consultado, agora se tornou um envergonhado coadjuvante ao calar o próprio som. Mesmo sem enxergar seus ponteiros, ela permanece estática, indiferente à passagem do tempo.

Espectadora do vazio, leva o cristal aos lábios repetidas vezes, num gesto automático. O vinho tinto é sorvido como um bálsamo, no qual afoga o pesar que a consome neste dia sinistro. Como acreditar? Como aceitar? Como se conformar que seu único filho tenha morrido, e não somente isso, mas tirado a própria vida? Com sua atitude extremada, Lucas amputou a Alana o sentido de ser mãe. Esmiuçar os defeitos maternos será o seu mantra diário, bem como sobreviver para tentar justificar o desfecho da breve vida de seu rebento.

Ao fechar os olhos, os pensamentos a tornam, novamente, testemunha da pior cena de sua existência. Os joelhos ainda doem pelo impacto de ter desabado diante do corpo sem vida, emoldurado com o vermelho líquido, escoado e já frio. O choque embaçou todo o processo em sua memória. A felicidade dos anos de convívio se evaporou para sempre, enquanto era inundada por uma tristeza sem fim. Estilhaços de imagens e sons desordenam a lembrança, esgarçando-a como se um vácuo a levasse direto à despedida. A ternura com que tentou esconder o ferimento da bala fatal, com as flores encharcadas de seu choro, continua a dilacerar seu peito. Este será o seu carma: a imagem congelada do adeus à sua maternidade nessa maldita manhã de domingo.

Nada mais faz sentido.

A chuva desaba lá fora, e os relâmpagos, com seus clarões dramáticos, ocupam a sala como intrusos. Não a assustam, mas fazem com que abra os olhos, e os *flashes* no ambiente se apresentam como fotos pálidas. Aberta, a porta de entrada anuncia algo, e Alana, com o olhar ansioso, aguarda o próximo raio para que a luz mostre que só imaginou.

Mas não.

Um forte vento toma a sala, e um movimento errado a faz derrubar o vinho na mesa. A taça cai no chão. Outro disparo de luz destaca alguém contra a sombra.

O pânico percorre suas veias ao reconhecer o filho, Lucas.

Os olhos estampam medo, enquanto os lábios dele se mexem com dificuldade. Ele quer dizer algo, mas não consegue, e a angústia imobiliza Alana. O som das fortes batidas do seu coração se sobressai a qualquer ruído externo, e ouvir seu filho não é mais possível. Permanece encarando-o, mas, de repente, ele some, como se a chuva o dissolvesse.

Alana ainda o procura, seu olhar traduz a mente confusa. Busca com as mãos trêmulas alguma coisa que a retire da escuridão, mas elas escorregam. Tateando intensamente e em grande desespero, encontra, em seguida, o interruptor.

Iluminado, o cômodo parece normal, e é com imenso espanto que ela encara a porta fechada. Mantém-se estática por um tempo, até criar coragem para olhar ao redor. Sobre a mesa, a taça de cristal, intacta, exibe o escuro líquido. Alana esfrega as mãos secas diante dos olhos úmidos.

Eu sei que vi.

O combustível do medo faz seu sangue ferver, e é dominada por um choro perturbador. Goles e mais goles são necessários.

O líquido sorrateiro a abate.

* * *

Os dias se arrastam, e Alana continua prisioneira de sua desolada mente, que, muito ocupada em apagar sonhos e desejos, deixa-a sem forças para retornar à vida normal. A perda devastadora a subtraiu do trabalho e do casamento. Seu lar, agora, é apenas um espaço com dois ocupantes em que o trauma calou os diálogos e afastou os olhares. A invisibilidade é uma pedra que emudece os papéis de amantes, e a solidão os abraça, anulando desejos.

Descanso é algo que seu corpo não aceita há algum tempo; e ela amanhece, mais uma vez, na bagunçada penteadeira. Cosméticos abertos, largados, desalinhados, desfiguram o ambiente, antes tão organizado. No espelho, o reflexo de uma figura que nem de longe lembra a antiga Alana, e isso faz com que seu olhar logo se desvie. A imagem de Daniel, o marido, surge, e, sem que ele perceba sua presença, ela o observa. É invadida por pensamentos nostálgicos, mas imediatamente descarta a possibilidade de carinhos que há tempos não mais compartilham. O reflexo do marido no espelho, afundado no antigo sofá do quarto, revela mais uma noite ali dormida, confirmando seu papel de coadjuvante na casa.

Ele desperta devagar, até que nota a presença de sua mulher. A falta de interesse mútuo não exige mais perguntas ou mesmo cumprimentos, mas a troca de olhares desta vez os obriga a um diálogo, e ele, sem jeito, pergunta:

— Não vai se aprontar para o trabalho?

— Não — Alana diz em voz baixa.

— Alana, sei que é bem difícil tudo isso que estamos passando... A perda é irreparável, mas temos que tentar continuar. No meu caso, pior ainda, pois sofri duas perdas em questão de pouco mais de uma semana. Não que eu tenha muito a lamentar pela partida de meu pai, mesmo porque já era esperado, mas, enfim...

Daniel dá de ombros e se levanta; passos cautelosos o levam até ela, e, mesmo diante de seu desconforto, ele continua:

— Deveria retornar ao trabalho. Suas alunas adoram você e devem sentir muito a sua falta. Acho que lhe faria bem voltar à vida normal.

— Uma professora de balé não é tão importante assim... Sou facilmente substituível... Estarão bem, e, quanto a voltar à vida normal, não sei o que você quer dizer com isso — Alana rebate em tom seco.

Surpreendido com a resposta, Daniel baixa o olhar, desviando dos olhos úmidos da mulher. O diálogo forçado e pouco produtivo, aliado à falta de afeto, serve como senha para a retirada, o que ele faz sem olhar para trás. O silêncio volta a imperar soberano no cômodo.

Com os sentimentos perturbados, Alana começa a decidir seus não afazeres do dia. A imposta reclusão define as mesmas roupas, e, como o tempo já não faz mais sentido, seu relógio de pulso não será necessário. Os cuidados com o corpo, adiados com maior frequência, se tornam mais evidentes. A magreza envelhece Alana e retira toda a sua boa forma. O roupão, agora folgado, cobre um corpo de criança. A bela e elegante postura de bailarina desapareceu por completo.

Apesar do pouco peso, seus passos parecem suportar toneladas. Caminhar pelo corredor a obriga a encarar a porta do quarto do filho. A madeira expõe manchas e rabiscos que traduzem os descuidos adolescentes. Alana recorda de tê-la pintado inúmeras vezes, mas, de agora em diante, nunca mais essa porta irá receber nem sequer uma demão de tinta. Lembranças não serão apagadas.

O receio de abrir a porta suspende a respiração. Com um profundo suspiro, cria coragem para entrar. Um silencioso pedido de permissão, quase uma prece, a faz chorar. Lágrimas escorrem, como carícias, pelo rosto, enquanto encara o espaço saqueado de vida, repleto de histórias, silenciado por não mais abrigar o filho.

Memórias envoltas de luto passam por trás do olhar.

Como se aguardasse um retorno, tudo permanece no mesmo lugar. Cadernos abertos repousam na pequena mesa, exibindo o amarelo fluorescente, ainda vívido, do marcador de texto sobre a caligrafia caprichada de Lucas.

As prateleiras suspensas exibem variados títulos de ficção científica, gênero que o fascinava desde criança, a maioria devorada em apenas um dia de leitura. Logo abaixo, organizada por ele, a estante guarda a coleção de robôs. Alana ainda reconhece o preferido de Lucas, que, em posição de destaque, a convida a tocá-lo. O prateado arranhado no peito do boneco entrega os anos de brincadeira; e a imagem de seu dono, aos quatro anos, com o sorriso mágico, insiste em saudade. Com um delicado movimento, coloca o adorado robô de volta em seu lugar.

O mural de cortiça, cravado de tachinhas coloridas sobre fotos, bilhetes e desenhos, ordena as inquietas fases de um jovem.

Sua atenção se prende na própria imagem em uma fotografia da qual já nem se lembrava. Devia ter uns quinze anos, e a foto em preto e branco revela uma elegante bailarina, com a maquiagem impecável contornando um olhar sonhador. Por um instante, toca a própria face e se pergunta por onde anda aquela menina. A realidade lhe traz de volta a incerteza de viver em um mundo agora sem sonhos e sem Lucas.

O fracasso corrói sua mente, e pensamentos doídos pesam como nunca. Enquanto caminha para a saída, um barulho chama sua atenção. Não demora e logo percebe que algo caiu ao chão. *O pequeno livro colorido deve ter despencado de uma das prateleiras.* Ao se aproximar, um arrepio percorre seu corpo. Decide relembrar, pela última vez, a história que tantas vezes leu e que o filho adorava escutar.

As páginas do livro trazem a história de um menino que jurava a todos que um alienígena morava em seu armário. Na escola, aqueles que não acreditavam nele o chamavam de Maluquinho. Risadas e chacotas generalizadas o perturbavam muito. Todos os dias seus pais abriam não só os armários, mas todas as gavetas, e, com ar de dúvida, diziam que era só sua imaginação. Isso o deixava bastante bravo. Um dia, antes de dormir, fez careta para o armário e desistiu do amigo. Na manhã seguinte, antes de abrir o armário para pegar seu uniforme, notou um pequeno bilhete embaixo da porta. Ao ler, um imenso sorriso se abriu. Orgulhoso, leu de novo: "Não desista! Agora estou dentro de você".

Depois de ler essa história, Alana e o filho, meio assombrados, riam e inventavam mil continuações para o possuído menino.

Alana, como em despedida, fecha o livro devagar, guarda-o na estante e deixa seu filho adormecer. Para sempre.

Subjugada pela saudade, seus movimentos são mecânicos e rápidos. No andar de baixo, procura não mais lembranças, mas algo que a poupe do pensar… do sentir. Abrir armários, gavetas… algum antídoto… para a dor.

A intimidade com o ambiente a leva ao pequeno bar no canto da sala. Garrafas ordenadas e alinhadas, que lembram bailarinas prontas para iniciarem o espetáculo, ostentam bebidas diversas. As delicadas mãos sondam o território perigoso, mas desvendá-lo é o seu propósito. A firmeza da intenção de se perder faz com que escolha a bebida mais forte. E, sem volta, concentra-se em servir-se de uma generosa dose.

O dia não precisa durar muito.

Sua nova companhia parece lhe injetar forças e convidá-la para um passeio em seu ignorado lar. O olhar forasteiro delata sua ausência prolongada e, como uma intrusa, percorre todos os ambientes. As janelas, vestidas com cortinas de linho, assistem desanimadas à mesa de jantar desfeita. O dourado da manhã insiste sobre o grande tampo rústico; as cadeiras, perfeitamente alinhadas, desenham um cenário vaidoso. A organização e limpeza, mantidas à sua revelia, informam sua inútil presença, e o sentimento de fracasso suspende o seu observar.

A passos pesados caminha pelo carpete macio, e a textura da fibra sob seus pés começa a contar histórias. Os olhos se fecham. Seu andar recria os primeiros passos de Lucas nesse mesmo espaço. Alana ainda recorda do frio na barriga ao acompanhar os tropeços e as quedas... da alegria ao ver as perninhas firmes... da risadinha de sucesso do seu pequeno.

Quando derrama uma parte de seu copo, Alana observa a mancha sem grande interesse.

Cambaleante, volta ao propósito de cessar o dia. Toma novas e fartas doses até desabar no sofá. A tormenta é imensa, enjaulada nos quatrocentos metros quadrados tão bem decorados de solidão. Com os sentidos aniquilados, o rodopiar amolece seu corpo, anunciando a iminente inconsciência. O falso repouso traduz sua derrota. Insiste, entre almofadas, em ajeitar-se, e apaga.

* * *

Horas mais tarde, Daniel, em silêncio, repousa sua pasta no chão e, diante da patética cena, respira fundo. Como se cúmplice fosse, calmamente remove os vestígios da desordem. A repetição desses excessos impede que sinta qualquer resquício de espanto, e ainda permite que treine sua recém-descoberta habilidade de reproduzir o lugar por memória quase fotográfica. Inexpressivo e preciso, restaura o ambiente com suas inúmeras passadas, entre sala e cozinha, atarefado em cessar qualquer rastro de desequilíbrio.

O cansaço e o desânimo da volta para casa inibem a tentativa de acordá-la, e, aliviado por ter algumas horas sozinho, transfere a atenção para si mesmo. Sem qualquer remorso, deixa a mulher para trás, como um acessório do lar.

* * *

O inconfundível som do piano orquestra seu corpo a delicados movimentos que, por anos praticados, exibem perfeição. Seus sentidos são hipnotizados pelo cheiro da sala de dança, e a elegante coreografia deixa as pequenas bailarinas boquiabertas. Os reflexos no imenso espelho conseguem provocar-lhe um sorriso. Desengonçados e esforçados passinhos tentam reproduzir os passos profissionais, agora pausados. Pousa o olhar sobre cada uma delas, e o corrigir singular é repetido inúmeras e não cansativas vezes. A intensidade exigida pelo exercício se manifesta em rostinhos sérios, concentrados no acerto. Aflorada a competição, trocas de olhares são como flechadas umas nas outras, e isso diverte Alana. O toque maternal corrige posturas, enquanto a sincronia dos passos a emociona. O bailar prossegue de forma admirável, e a sensação de missão cumprida recompensa toda a sua longa dedicação.

De súbito, o incômodo da música desafinada atrapalha sua lição. Uma banqueta vazia diante do piano destruído; a iluminação começa a falhar; gritos parecem orquestrar imagens torcidas. Sua desajeitada postura lembra a de uma desconjuntada boneca que tomba vergonhosamente. O som do instrumento é insuportável. As meninas, alinhadas com o rosto contra a parede, são reproduzidas pelo trincado espelho. Risadas abafadas anulam a desastrosa melodia, e tudo, por um momento, fica parado. Como em um vaivém ensaiado, as cabeças batem com violência contra a parede branca, que se tinge de rubro. A flexibilidade exigida ao máximo quebra osso por osso, e a fileira desaba tal qual uma floresta humana. O desespero para impedir o pior faz com que Alana se recomponha e consiga alcançar uma delas. O toque parece contagiar as outras, que cessam a fúria. Rostos sem vida, deformados, a encaram anunciando um inevitável ataque.

Desperta com esforço do pesadelo, tentando expulsar as terríveis imagens; e, aos poucos, reconhece onde de fato está. Vagueia pela grande sala com passos trôpegos, até esbarrar em Daniel.

— Calma! — Assustado, ele consegue exclamar.

— Diga que eu estava em casa! Por favor, diga!

— Do que você está falando? Você não sai há semanas. Escutei barulhos aqui na sala e desci correndo. Você está bem? — Daniel procura por algum ferimento em Alana.

Alana fixa os olhos atordoados no marido.

— Foi real... eu senti a dor... — balbucia, mostrando-se constrangida.

— Deve ter sido pelo impacto da queda. Agitou-se tanto, que caiu do sofá. Olhe, você dormiu aqui esta noite — Daniel aponta para o móvel com suas almofadas reviradas. — Tem andado muito cansada e não se lembra. Eu não quis incomodar você... Estava num sono pesado. Vamos subir. Acho que merece uma boa ducha.

O abraço inesperado de Alana confunde Daniel, que corresponde amparando-a. Outra vez presente entre o casal, o silêncio os acompanha, ampliando o som de seus passos arrastados e exaustos ao quarto.

A ausência de desejo facilita o despir da esposa, que parece ter entrado em estado de transe, aumentando a indiferença. O olhar opaco não o encontra mais, e ele a coloca com facilidade sob o chuveiro. A tarefa de banhar um adulto se mostra complicada, e o peso de suas mãos parece ter despertado a pálida mulher. Constrangida, pede com um gesto para ele parar, e assim ele faz. A inabilidade o envergonha também. O vapor, que retira a nitidez das coisas, torna-se a desculpa desejada, e o recolhido marido sai de cena.

Seus sentidos afloram sob a água quente, que lhe aquece o corpo de forma acolhedora. Há tempos ela não experimenta sensações boas, então se entrega ao momento. O passo a passo do autocuidado retorna aos poucos.

* * *

Diante de seu armário, a ainda úmida Alana percorre com o olhar confuso as roupas alinhadas. A gama perfeita de cores relembra o quanto era caprichosa. As mãos acariciam as peças macias, e o perfume que exala reacende sua esquecida vaidade. Inúmeras texturas e estampas desfilam à sua frente. Impaciente, agarra uma certa quantidade de roupas, e o peso de tanto tecido a faz girar, enquanto as joga sobre a cama. O barulho provocado pelos cabides parece interminável. O emaranhado têxtil esparramado enterra sua vontade de escolha; qualquer cobertura para seu corpo nu será útil. Oportuno, folgado e sem graça, o vestido escolhido espelha uma outra Alana. O simulacro assumido parece encerrar o período de isolamento, e um forte desejo de deixar a casa é saboreado ao longo da batalha de se aprontar. Como em um ritual, não tem pressa; o ato de fechar botão por botão, encaixando-os nas respectivas casas, anuncia seu retorno.

Ao ouvir o portão bater, o alheio Daniel se assusta. Em busca de respostas, alcança sua próxima janela. Não demora muito e avista o veículo de Alana saindo em disparada. Permanece imóvel, testemunhando a fuga da mulher. Encolhe-se ao rugir de pneus desvairados. Perder de vista sua bela e insana Alana o enche de impotência, ao mesmo tempo que uma súbita tensão inunda o seu peito de ódio. A repetição de irresponsabilidades exaure e desafia seu sentimento masculino, que nada em troca recebe, e então desiste. Como para registro próprio, em um gesto de renúncia a essa conturbada relação — que não deixa também de denunciar a ausência de amor —, sem qualquer remorso, fecha a cortina.

* * *

Um misto de sentimentos acompanha Alana nesse desnorteado passeio. Medo, angústia e um estranho toque de entusiasmo impulsionam interesses adormecidos. Reconhecer as familiares ruas automatiza sua direção experiente, que, ao contrário da saída desastrada, segue alinhada ao tráfego intenso. Seus olhos tímidos observam os transeuntes, realizando uma leitura rápida das diversas expressões. Preocupação e tristeza mastigam rostos anônimos, pincelando a densa paisagem urbana. Um possível retorno ao cotidiano dissolve-se em seus planos, mas a curiosidade se acende e a faz seguir: quer rever, nem que seja pela última vez, a escola de dança.

Para não chamar atenção, Alana decide estacionar do outro lado da rua. Com a visão da fachada do pequeno prédio, a luz do letreiro de *neon* alcança seu rosto. Alana, com movimentos vagarosos, deixa o carro. Dois passos para o lado e se esconde atrás de uma banca de jornal, há meses desativada. Um engolir pesado faz sua cabeça abaixar. Furtivamente, recupera a imagem da vitrine da escola. É possível reconhecer cada uma de suas alunas, sorrindo, exalando a energética alegria infantil. As lágrimas que turvam a beleza a que assiste fazem Alana recuar. Um sentimento de incapacidade perpétua se dissolve em seu corpo e a faz partir.

Quando se dirige ao carro, sente um forte puxão no braço, obrigando-a a parar. A força com que a estranha senhora a segura é incompatível com a sua figura, que a encara com um sorriso perturbador e pronuncia palavras desconexas. O som da voz grave dela penetra áspero em sua audição; num movimento brusco, tenta se desvencilhar da incômoda presença. Sem conseguir, olha direto para a mulher, que retruca:

— O que você está fazendo aqui?

Ela finalmente libera seu braço, e Alana consegue ler um ódio assustador estampado nas rugas da mulher. Alana se assusta de tal forma que não percebe um desnível na calçada e cai. A ardência na pele denuncia um corte no joelho, mas não a impede de fugir. Chegar ao carro é seu único e desesperado pensamento.

Ofegante pela angústia de escapar, consegue dar partida no motor e arranca pela rua vazia.

O sangue que sai do corte escorre pela pele. A rigidez inesperada paralisa sua direção. Domar a crise embebeda os poros com o suor frio do medo e, imediatamente, em estado de alerta, os pés afundam no pedal central. O som da freada é tão alto que alguns pedestres, assustados, encaram seu rosto pálido. O constrangimento a traz de volta, e, aos poucos, recupera o ritmo da respiração. A parada brusca do carro expulsa algo do painel para seu colo. Mãos nervosas alcançam o envelope antes que caia ao chão. Ao reconhecer a torneada escrita do filho, o tempo congela-se. As buzinadas demoram a trazer Alana de volta, até que batidas em seu para-brisa a obrigam a retomar a direção. Ela precisa tirar o carro dali.

O sofisticado painel do veículo ilumina seu aspecto exausto. A facilidade de escapulir do trânsito a surpreende, e dirigir volta a ser automático. O potente motor embala sua partida. Ameaçada por uma dúvida pessimista, decide parar após um longo trajeto. Ao som do alerta acionado, as mãos trêmulas seguram a carta escrita à mão. A leitura atenta lhe traz uma compreensão que aniquila sem piedade sua fé maternal.

* * *

Dominada pelo cansaço e fastio de lidar com sua deformada vida; e o não mais se reconhecer envenenando sua sobrevivência, associado ao conteúdo aniquilador das últimas palavras do filho, tudo isso faz com que a decisão seja tomada. A condução continua vagueando, e o combustível já está baixo. A estreita e deserta estrada encontrada parece se encaixar perfeitamente em seu plano; além disso, tem uma formidável máquina nas mãos. Ferro, aço e alta velocidade são aliados para um rápido fim. A calmaria forçada toma conta do coração desabitado. O automóvel costura veloz o asfalto, distorcendo a paisagem, enquanto se inicia uma coreografia imprudente.

O pedal lateral direito recebe todo o peso, enquanto as leves mãos que abandonaram o volante soltam o cinto de segurança. Um suspiro profundo cessa qualquer ruído na mente. Lembranças longínquas são processadas, e, assim, o desenrolar para o fim é sua âncora. É imenso o desejo de que a loucura a abandone, e a certeza de um desfecho ilumina um sorriso triunfante. A necessidade de admirar esse breve momento a faz segurar o retrovisor, que reflete, também, Lucas. Estranhamente, ele não mostra intimidade e, como um carona, mira o exterior, até que a ressentida voz, familiar e clara, apunhala seu peito com a frase inesperada: "Pai, perdoa-lhes, porque não sabem o que fazem!"[1].

---

[1] Evangelho reportado por Lucas, 23:34.

A tentativa desesperada de retomar o controle confunde seu corpo, que transmite movimentos amadores à difícil tarefa de pilotar. Por fim, se rende ao inevitável, colocando as mãos na frente dos olhos, que se fecham diante da iminente tragédia. Todo o aparato tecnológico do veículo não compensa sua imperícia, e o movimento desigual abala a orientação das rodas.

Pressente a inevitável capotagem diante do impacto sentido.

* * *

A consciência retorna. Um gosto terrível na boca faz seu rosto retorcer; Alana abre os olhos, que, acuados, tornam-se a única manifestação no débil corpo. O frio é intenso, e a desagradável sensação de enrijecimento machuca seus músculos, como um demorado choque. A mente confusa lhe sussurra para tentar lembrar o que houve. Sem respostas, imagens e sons explodem sem nexo em sua cabeça.

A luz fria e intensa é só mais um incômodo, somado a agulhadas que espetam as mãos, infligindo dores às veias. Um choro dominado consegue aquecer sua face coberta pela máscara de oxigênio. Movimenta os olhos em busca de entendimento. Azulejos brancos e brilhantes decoram o espaço solitário. O cheiro químico dá indícios do tipo de ambiente em que se encontra.

Obriga-se ao reconhecimento de seu corpo, que começa a manifestar vida. Articulações barulhentas, seguidas de um penoso esforço, ativam um gemido choroso. A incompreensão injeta-lhe um medo que a paralisa. Com a respiração controlada, tenta acalmar-se e retomar uma busca por escassas lembranças.

O lindo sorriso de Lucas surge, como mágica. Apaziguado, o rosto manifesta uma expressão tranquila. Os batimentos cardíacos se reduzem pela paz da imagem que, furtiva, desaparece, dando lugar à figura de sua morte. As recordações confusas e desconexas fogem ao seu controle; no auge da exaustão, adormece profundamente.

CAPÍTULO 2

Rostos entubados

Depois da saída estúpida de Alana, Daniel permaneceu por um bom tempo no quarto. O impacto dos últimos tempos impôs pesados prejuízos a seus sentimentos, e agora o desânimo toma conta de seu corpo. Perscruta o cômodo, onde uma calmaria exagerada permite relembrar, passo a passo, dos recentes e atordoados dias. Uma sensação de abandono massacra seu peito como nunca.

Todos se foram: seu pai, Lucas, Alana...

Começa a ser inevitável questionar o sentido de tudo.

A contínua vibração em seu bolso o incomoda; sem paciência, pensa em ignorar a chamada não identificada. Mas pode ser algo do trabalho, assim decide atender.

— Boa tarde, por acaso é algum parente de Alana Santos Motta? — a voz feminina inicia.

— Sim, quem está falando? — pergunta Daniel, sem reconhecer a voz desconhecida.

— O senhor é...? — ela pergunta.

— Sou o marido dela, do que se trata? — Daniel pressente uma má notícia.

— Aqui é do Hospital Campestre. Pedimos que se dirija para cá o mais breve possível. Sua esposa foi internada — continua informando a voz.

— *Como?!* — ele a interrompe. — O que aconteceu com Alana?

— Senhor, precisamos que compareça ao hospital. — Impaciente, ela recomeça — Sua esposa sofreu um acidente de carro.

As palavras abandonam Daniel por completo.

— Senhor! Ainda está aí?

— Sim, desculpe... entendi. Vou já para aí — Daniel responde imóvel.

Ligação encerrada.

Daniel observa sobre a cama as roupas espalhadas por Alana, como que a sinalizarem a mudança de um estado letárgico para uma inesperada agitação de sua dona. O mau pressentimento invade seus pensamentos, e também a certeza de que nada voltará ao normal.

* * *

A estação de enfermagem se limita a uma pequena ilha entre corredores. Daniel observa com discrição os funcionários uniformizados. Bem treinados, não parecem notar sua presença. O nervosismo adia as palavras, e um certo constrangimento transparece em sua expressão. Quando se aproxima do balcão, uma jovem enfermeira, derramando cansaço pelo olhar, se ocupa em dar-lhe atenção.

— Sou Daniel Motta, marido de Alana Santos Motta. Me ligaram informando que ela sofreu um acidente de carro — Daniel diz à enfermeira.

A jovem consulta um caderno e, sem nem mesmo olhá-lo, responde:

— Sim. Por favor, me acompanhe.

Daniel sua frio.

Ao se levantar, ela se mostra por inteiro, e Daniel se surpreende com a altura da jovem, que atrás do balcão parecia ser bem mais baixa. Ele segue os passos de suas longas pernas.

O silêncio o acompanha pelo largo corredor. A placa de aço escovado do elevador o envolve durante o gelado deslocamento, e não demora para que as portas se abram e um inconfundível ambiente esterilizado se apresente. O desconforto causado pelo cheiro de substâncias químicas inquieta o novo visitante, que segue o rumo do destino. Ao som do destravar das largas portas conforme avança pelos corredores, seus batimentos cardíacos aceleram. Ao entrar, é recepcionado por uma senhora grisalha, que, sem levantar os olhos da prancheta, o cumprimenta.

— Boa tarde, senhor Daniel! — ela diz enquanto ergue a cabeça, acenando para a jovem enfermeira e a dispensando.

Um grande monitor na parede chama a atenção de Daniel. Ele se aproxima da tela colorida e encara os diversos quadrados. São pequenas imagens dos pacientes, num enquadramento fixo, exibindo seus rostos entubados. Daniel examina a tela, com os olhos cada vez mais apertados, vasculhando-a, da esquerda para a direita, à procura de Alana. Um nó se forma em sua garganta quando, finalmente, no sexto quadrado, reconhece as sobrancelhas perfeitas destacando-se na pele pálida de sua mulher.

A senhora, como experiente assistente, o aguarda em silêncio, para uma incursão ao espaço de luta pela vida.

— Por favor, me acompanhe.

Enquanto ela diz isso, Daniel imagina que essa deve ser a frase mais dita dentro de um hospital.

Outra porta é liberada por meio de uma fechadura mecânica. Assim que entram, Daniel sente a temperatura cair de maneira drástica. Seus passos são bem mais lentos que os da senhora; logo atrás dela, ele se concentra no perfeito coque grisalho, como uma forma de evitar olhar em volta.

Respirações mecânicas os cercam durante todo o trajeto. Seres, ainda vivos, ligados a máquinas de luta. Cada segundo, cada compasso elétrico, dá nota à sinfonia do existir.

Daniel repara que a senhora freia seus passos e, diante da cortina que envolve o último cubículo, acena para que ele se aproxime. Ao seu lado, ele observa o movimento de suas mãos enquanto afastam lentamente o tecido.

A imagem descoberta paralisa Daniel.

O respirador cobre metade de sua face. A pele roxa descansa sobre olhos inchados, e seus cílios, desmaiados, ocultam um sono forçado. Daniel percorre com o olhar os arranhões e hematomas em sua Alana. Como se ainda não acreditasse, repete o exame minucioso. A fragilidade exposta o impede de qualquer toque, mas, ao se aproximar, percebe o emaranhado em seus fios loiros, de sangue coagulado e nós.

O ruído mecânico da respiração artificial suspende o desejo de falar qualquer coisa, assim como a vontade de estar ali. Afasta-se sem fazer qualquer barulho, e até mesmo a experiente enfermeira se espanta com sua retirada em tão pouco tempo.

— O senhor está bem? — a senhora sussurra para Daniel.

— Sim, estou. Só tenho que sair daqui — ele murmura, enquanto se afasta.

Daniel não se incomoda com o olhar espantado que o acompanha até a saída.

Em todo o percurso até sua casa, ele tenta digerir o que sentiu no hospital. Ver Alana abatida, de alguma forma, trouxe-lhe um incalculado alívio.

* * *

Uma decoração luxuosa foi imposta por Alana, que nunca lhe agradou e que, muitas vezes, o transformou no espectador de uma intimidade forçada, retirando-lhe o prazer do lar.

Sem encontrar acolhimento e conforto ao entrar em casa, toda a fortaleza emocional, construída para resistir aos estilhaços da tragédia, desmorona de forma vergonhosa. Um transtorno de ansiedade domina seu corpo. Com o choro, tremor e suor tomam conta de Daniel, enquanto a vertigem o conduz a passos trôpegos ao banheiro. Seu vômito mal alcança a privada, e ele quase escorrega no próprio líquido.

Como se recitasse um mantra, ele suplica para que sua consciência não o abandone.

Alcançar a sólida bancada de mármore, de certa forma, reorganiza seus sentidos. Uma leve dormência denuncia músculos exaustos, mas suas mãos não desistem e, como ganchos, agarram a pedra. Aos poucos, o autocontrole retorna, censurando seu pânico. Um olhar aliviado o encara no espelho, e o mal-estar evapora-se. Daniel se sente de volta à superfície.

Um ódio crescente o invade. Ele a culpa por tudo. Seu revés emocional explode em um desejo imenso de desconstruir a alcova perfeita de Alana.

As toalhas alinhadas desabam com um só tapa, assim como potes e frascos, todos arrasados ao chão. O quarto do antigo casal o atrai como um ímã, e estar no reduto da vaidosa mulher, que tanto lhe dava orgulho, injeta mais forças para a destruição. Os vestidos são rasgados um a um, e os perfumes, pulverizados, alimentam seu deleite. Servindo como facas improvisadas, os cabides quebrados rasgam o lençol de um branco impecável. As gavetas reviradas cospem rendas de todas as cores, muitas nunca tocadas por ele, fazendo seu sangue ferver. As camisolas se partem como papel nas mãos fortes e másculas de Daniel, que se direciona para a penteadeira de Alana. Ele segura a cadeira e arremessa sua madeira maciça bem no centro do espelho. Um caco corta seu braço, e o sangue faz a madeira escorregar de suas mãos. Desarmado, Daniel se entrega ao cansaço, pausando seu colapso.

Em segundos, o gigante do ódio desaba sobre os estilhaços de uma relação.

Sua raiva, entretanto, não ameniza; para piorar, recordações de um passado lamentável vêm à tona, diante das fotos em porta-retratos sobreviventes da demolição. O rosto de Alana, sempre no ângulo perfeito exigido, o encara como se pudesse recontar com detalhes o dissabor de cada momento clicado. Sua atenção foca a imagem da mulher com o filho no colo, rodeados de presentes e iluminados por uma impecável árvore de Natal. Ele ainda encara as estúpidas asas de anjo no topo da árvore, exigência dela todo fim de ano. A foto revela seus próprios presentes para Lucas, repousados por debaixo dos vários mimos da mulher, comprimidos à espera de uma sessão interminável da entrega material.

A prepotência maternal o encara com censura.

O vidro se estilhaça pelo grande impacto de seu soco.

* * *

De volta ao amargo presente, Daniel enxuga o sangue do braço na própria calça. Levanta com certa dificuldade e se esforça para deixar o quarto. Desce as escadas numa rapidez insensível, como se ali não habitasse.

Uma vez na sala, sua escolha é mínima. Garrafas saqueadas por Alana transparecem o vazio do vidro. Uma sobrevivente surge. Enquanto derrama o líquido castanho do puro malte em um copo, ouve o toque do telefone insistente. No terceiro gole não é mais possível ignorar. A mão agarra o aparelho, e, com um bufar, ele atende.

* * *

Ao chegar ao hospital, o cansaço extremo e o braço enfaixado chamam tanta atenção que olhares de espanto o acompanham desde a entrada. A seriedade no rosto dispensa cumprimentos, e agora aguarda somente respostas. Mais uma vez, uma enfermeira o encaminha à UTI. Passa por dois homens sentados na antessala, que o encaram de forma cautelosa.

— Precisamos falar sobre Alana — o homem de jaleco branco inicia o diálogo.

Ao se aproximar, Daniel fica atento ao olhar julgador do homem ao seu lado, que, ainda sentado, não altera a postura envolta em um elegante terno. A arrogância dele o irrita. Algumas doses podem ter pesado seus olhos, e isso o desconhecido deve ter notado. Como em resposta malcriada, assume um semblante de desdém ao antipático homem, que não se altera.

— Senhor Daniel! — o médico insiste em sua atenção, e informações ansiosas começam a ser lançadas. — Pacientes críticos que chegam com várias fraturas após um acidente como o de sua esposa costumam receber doses de agentes sedativos para amenizar as dores. Mas o quadro de Alana tem se alterado com frequência nos últimos dias, e fomos obrigados a aplicar-lhe uma sedação mais intensa. Alguns episódios de crise de ansiedade, somados a uma severa agressividade, me fizeram pedir uma opinião da área psiquiátrica.

Daniel arregala os olhos. Diante de seu estranho comportamento, os dois homens se entreolham.

— Senhor Daniel — o médico pergunta com educação —, o senhor está bem? Quer se sentar?

Antes que ele consiga continuar, Daniel, em um tom mais alto, o interrompe com afirmações que lhes causam mais espanto:

— Como assim *nos últimos dias*? Estive aqui horas atrás! O que está acontecendo? — Daniel quase grita.

— Senhor Daniel... O senhor esteve aqui uma semana atrás, temos o registro. Não entrou em contato desde então. Tentamos falar com o senhor, mas não conseguimos.

Daniel desaba em uma das cadeiras e pousa a cabeça entre as mãos. Os dois homens permanecem em silêncio, enquanto notam que o curativo em seu braço começa a sangrar.

A situação desconfortável permanece até o médico retomar a conversa:

— Como eu estava lhe explicando sobre os ataques de Alana, devemos ganhar tempo para o bem dela; por isso, o chamei aqui para lhe apresentar o professor Gael Montealto, referência em estudos psiquiátricos. Neste momento delicado, devemos acrescentar conhecimentos. Entendo que o senhor esteja passando por um momento muito difícil. É natural toda essa confusão temporal.

Olhares mais amenos se cruzam.

Daniel permanece em silêncio.

— Seu corpo tem se recuperado como o esperado, e sua capacidade de cicatrização é muito dinâmica. O que nos preocupa são os distúrbios que ela manisfesta. Suas falas parecem desconexas. Ela grita pelo filho... e algo sobre o acidente. Algo mais profundo parece atormentá-la. Sugiro que, com sua autorização, Alana seja transferida para um acolhimento psiquiátrico, para que o doutor Gael diminua a sedação e a avalie no ambiente necessário. Aliás, seu hospital é referência em vários tratamentos, e pessoas de todo o país o procuram para recuperação.

Um lado obscuro de Alana o convence do afastamento. Os prejuízos emocionais da tragédia engoliram a ambos, e seu tempo também é necessário. A turbulência etílica se esvai por completo.

Quando questionado sobre seu desejo de mais uma visita à mulher, para que pense melhor, Daniel recusa somente com um aceno. Ele se levanta.

— Vocês estão com a documentação pronta? Onde assino?

Sua resposta seca traduz o consentimento da transferência e um ponto-final no assunto.

Um inabalável Daniel os encara.

Capítulo 3

Aborto da sensatez

O ranger da porta interrompe seu sono.

Agora livre da máscara de oxigênio, seu rosto se retorce sob a luz fria, e a careta estimula músculos doloridos debaixo da pele baça convalescente.

Aos poucos, seu entendimento retorna, e uma estranha sensação de estar sendo observada ativa seus sentidos. Parado à frente do leito, um elegante homem a encara de forma insistente, o que a faz responder com um olhar constrangido. A ausência de sua fala parece não o incomodar, e assim ele a analisa por algum tempo. Seu terno escuro descarta a possibilidade de ser um médico. Diante da silenciosa presença, Alana tenta montar alguma frase na cabeça, mas o receoso balbuciar é interrompido pelo firme movimento do intruso, que se aproxima. Sem qualquer esforço em demonstrar simpatia, ele ergue uma pasta e, como se ela não existisse, inicia sua atenta leitura.

Aproveitando o desvio de atenção, Alana começa a investigar detalhes nesse estranho homem. Seu rosto sério mostra uma beleza incomum para um indivíduo de meia-idade. Traços fortes se harmonizam em uma face quadrada. Os cabelos cuidadosamente penteados emolduram uma aparência madura, experiente e intrigante.

Ele prossegue na leitura silenciosa, e Alana, sem disfarçar sua desconfiança, investiga-o com o olhar, sem sucesso. O nervosismo causado pela presença do desconhecido a faz suar. Enquanto não encontra uma identificação no seu paletó, mantém-se encolhida.

Ignorando seu desconforto, ele começa a falar:

— Há duas semanas, você sofreu um grave acidente de carro. Moradores locais a encontraram inconsciente e muito machucada, a alguns metros de um veículo destruído. Nenhum objeto pessoal foi encontrado, e, por sorte, acharam o documento do carro em nome feminino, supostamente você. Após sua remoção, uma perícia foi realizada no local. A polícia observou que não havia qualquer marca de frenagem e, ainda, pela sua projeção, você não usava o cinto de segurança. O velocímetro, que estancou, registrava a velocidade de 140 quilômetros por hora, algo incompatível e imprudente naquela estrada. Um laudo...

Meu plano foi desmascarado.

Alana treme como um animal acuado diante da história rosnada em sua mente confusa. Um mundo de indagações intensifica ainda mais seu mal-estar. Ter sua fraqueza escancarada evoca um desejo sobrenatural de desligamento. Movimentos involuntários em seu corpo acusam o pânico iminente. Os olhos indicam uma crise, e o corpo treme de uma forma tão intensa que os músculos doem.

Sua visível indisposição interrompe a frígida explicação. O homem desiste da atenção, fechando rapidamente a pasta.

Seu braço recebe uma ferroada, e algo se dissolve dentro do músculo, queimando-lhe o sangue. Sua consciência a abandona mais uma vez.

A última imagem que registra é do inexpressível homem assistindo ao seu desvanecimento da realidade.

* * *

O cenário agora é outro. O brilho das paredes se foi, e um opaco revestimento revela a decadência do minúsculo quarto. Como telas esquecidas de pintura, emolduram o seu isolamento.

O branco e limpo tecido que a cobre não oferece qualquer maciez. A áspera frieza a abriga, cumprindo sua mera função. Mas, de alguma forma muito eficiente, esse lugar aliviou-lhe as dores físicas. Mexer-se ficou mais fácil e mais rápido.

Uma voz aveludada ecoa no ambiente.

— Que bom que voltou! Está melhor?

O tom confortável da fala de timbre feminino capta sua atenção, e logo se depara com uma franzina e amável enfermeira. Seu uniforme impecável parece remeter ao passado. Uma personagem de algum filme da década de cinquenta.

O sorriso estampado a conquistou de imediato, e esse acolhimento, sem qualquer desconfiança, a faz responder com mais ânimo:

— No momento, sem dor... mas... muito confusa.

— É normal, depois de tudo o que passou... — diz a enfermeira.

— Poderia me falar mais... Quem era ele?

— Conheceu o doutor Gael, nosso diretor. Acho que ele não teve tempo de se apresentar, pois você passou mal e desmaiou. Está muito fraca. O reinício é difícil mesmo, mas com o tempo se recupera — a enfermeira responde de forma confortante.

Cautelosa, a senhora se aproxima e apresenta-se com vivacidade:

— Meu nome é Dora, enfermeira desde cedo. Vou cuidar muito bem de você. Gosto de tranças, você gosta? Posso fazer em você? — Com um imenso sorriso, a enfermeira começa a tagarelar.

Alana, sem compreender direito, percebe um olhar maravilhado pelos seus fios loiros. Para não desencantar o humilde pedido, aquiesce, sentando-se na cama. Delicadas mãos retiram um pequeno pente do bolso. Como uma menina e sua nova boneca, as duas se posicionam para o momento de beleza.

— Como gosta? Lateral ou embutida? Comum ou dupla? Acho que ficaria muito bem com a lateral. Seu rosto merece destaque. Gosto muito do seu tom de loiro; você não pinta, não é? Agora, com você acordada, vai ser mais fácil cuidar de seu cabelo, e de você também. — As palavras de Dora soam afetuosas e calmas.

Alana, obedecendo-a por educação, entra no jogo de brincar. De alguma forma, este esquisito momento distrai seu desconforto.

Enquanto fala sem parar, movimentos habilidosos de Dora alinham o penteado. Uma leve carícia sentida no couro cabeludo quase faz Alana cochilar. Ouvir com atenção tantas palavras ditas em segundos se torna impossível. Pensamentos divagam, e o inevitável mergulho no abismo das dúvidas a engole. Este estranho mundo e os acontecimentos que se abateram sobre sua organizada vida são lastimáveis. Tanta dedicação aos acertos para acabar cada vez incorrendo em mais erros em sua existência... A saudade de casa estampa imagens como um refúgio para a alma acidentada. Um amargo arrependimento lhe faz companhia.

A saudade do filho dói muito. Transpassa-lhe a alma.

Lágrimas involuntárias escorrem pela face descorada pela derrota, ao constatar que está entregue a uma estranha, em um insano e obrigatório momento de recuperação. Uma luta pelo discernimento alerta-a da inquietude de sondar o que restou.

— Preciso saber o que aconteceu. Onde estou?

A pergunta tem o poder de interromper o breve recreio de Dora, que rapidamente guarda o pente e lhe lança um olhar de desagrado. Alana agarra-a com mãos gélidas, porém firmes. É possível ouvir o engolir de Dora, que, assustada, demonstra uma expressão envelopada por incertezas.

— Pode deixar, assumo agora — declara uma voz grave por trás delas.

O taciturno homem as surpreende com sua presença tão próxima e sorrateira; logo, em respeito ao que foi imposto, Dora recolhe-se.

— Sim, doutor Gael! — A enfermeira lança um olhar tenso para Alana antes de sair.

O observar silencioso do homem inquieta Alana, que volta a se ajeitar na cama. Arruma a camisola e tenta cobrir-se mais com o lençol. O inesperado movimento da mão do homem, que está tão perto, pausa sua respiração. Enquanto toca a impecável trança, o olhar profundo a encara novamente. Aflita, não desvia, como se permitisse uma autópsia de seus sentimentos. A ausência de expressão em Gael permanece, até que um pesado suspiro prenuncia sua fala.

— Dora tem mãos mágicas. Você está com uma aparência muito melhor — ele diz enquanto se afasta.

Seus movimentos são monitorados pelos olhos atentos e assustados de Alana, que mal consegue se mexer.

Ele se vira para uma pequena mesa num dos cantos do quarto e pega sua pasta. Calmo, puxa uma cadeira para perto da cama e acomoda-se com ela fechada em seu colo.

— Traumas retalham lembranças, dilaceram sentimentos. Não sei se recorda do acidente que sofreu, ou mesmo de ontem — ele começa de forma cautelosa.

— Sim, me lembro do que falou... Mas antes disso... é como abrir um livro no qual faltassem páginas. Me sinto suspensa... — As palavras saltam da mente confusa de Alana.

— É normal depois de tudo o que passou — ele recomeça. — Alana, você esteve no hospital por uma semana, quando seu quadro mudou... e foi enviada para cá — ele diz.

As palavras soam desconexas, e Alana tenta dissimular seu medo desviando o olhar.

Como um portador de más notícias, Gael utiliza-se da pausa para que o mau presságio seja absorvido.

— Meu marido! Ele... ele está aqui? — Alana pergunta.

— Depois de tudo o que aconteceu, achamos mais conveniente que ficasse aqui por algum tempo. E então ele autorizou sua transferência para cá. Alana, ao se afastar de tudo, você terá um melhor entendimento das coisas... Precisa de um tempo para você...

Alana o encara com os olhos úmidos. O vaivém frenético do respirar em seu peito suplica por oxigênio para o corpo abandonado.

— ... onde estou? — Alana questiona com dificuldade.

Gael, consciente do dissabor presente, sem hesitar e sem rodeios, anuncia:

— Estamos no Sanatório de Montealto.

Não consegue controlar o calafrio por todo o seu corpo, que se encolhe diante da palavra sanatório. O manto do arrependimento a envergonha diante desse estranho homem. O embaraço decora o rosto de Alana.

Sem se alterar, o homem continua:

— Estamos aqui para tratar das feridas mais profundas. Das físicas você se recuperou bem...

Ela não o escuta mais. O abandono por alguém a quem se dedicou, amou e se entregou por tanto tempo é cruel. A falta de compreensão e afeto desaponta seus sentimentos por Daniel, que sempre teve dificuldades em suas responsabilidades, mas ser dispensada desta forma pesa demais.

— Por favor, preciso de um tempo sozinha — Alana sussurra.

— Querer fugir da realidade sugere que sua dor é exclusiva, e isto é um castigo imposto pelas próprias mãos. Permanecer ausente pode ser mais violento do que conviver com a ausência de quem se ama. Lidar com a morte, que não tem gentilezas, é um árduo teste na vida. Não seja seu próprio calabouço, Alana. Aqui, aliviamos os sofrimentos por meio do entendimento, não só com o lugar, mas sim com os outros, e o mais importante: com você mesma. Encare como uma pausa e não como uma desistência. Vou deixar você descansar um pouco; se precisar de algo, fale com Dora, ela sabe onde me encontrar.

Após a porta se fechar e ficar a sós, Alana mergulha no desânimo. Seus pensamentos, como viajantes sem rumo, recorrem a diversas lembranças no desespero por companhia, mas o cáustico sentimento de solidão sinaliza que, de agora em diante, será ausente para todos e para si mesma.

Seu corpo abatido obriga-se a uma excursão no quarto sombrio. Impossível não pensar em quantas ruínas humanas acolheu. Os poucos móveis, com manchas e arranhões, compõem o ambiente, e Alana já sente o desgaste do tempo em sua própria estrutura.

Os passos se arrastam.

As mãos tocam as paredes descoradas, como se elas pudessem acordar e contar suas histórias, mas o frio que transmitem repele seu toque.

A única janela chama sua atenção. A fina cortina branca embaça a paisagem, mas a luz que a transpassa sugere um fim de tarde. Sem pressa, Alana afasta o tecido, e, para seu espanto, um lindo pôr do sol acaricia com sua luz dourada as copas das mais diversas árvores. A brisa movimenta as folhas numa dança ordenada, dança que inquieta Alana.

Infelizmente, o vidro travado cala o som exterior.

Alana afunda-se na cadeira e testemunha o fim do dia.

Conforme a luz se vai, carrega consigo toda a beleza; e a escuridão, que parece ter engolido tudo o que tem vida, lhe devolve a visão artificial dos postes em frente ao edifício que a asila.

* * *

A luz acesa no quarto apaga totalmente o lado externo, e sua própria imagem se reflete no vidro. A visão alterada pela luminosidade, aos poucos, identifica a presença de mais alguém. Os olhos vidrados e o sorriso apresentam a solícita Dora.

— Está tudo bem? Achei muito cedo para ficar no escuro. Precisa de algo? Geralmente, nos recolhemos por volta de nove horas, ainda são sete. — Seus gestos e movimentos labiais são rápidos e confusos. Dora, já ao seu lado, continua:

— Se preferir, posso adiantar seu jantar, precisa comer algo.

A exaustão dos acontecimentos e as seguidas perguntas da enfermeira provocam um cansaço absurdo em Alana. Desaba pesadamente sobre a cama, sem se importar com a presença da insistente mulher.

— Precisa de mais cobertas? O travesseiro lhe agrada? Hoje tivemos um lindo pôr do sol. Gostaria de amanhã poder mostrar-lhe o local... um belo passeio para espairecer, renovar as energias...

Dora se aproxima e, sem conseguir parar de falar, dedica-se a cobrir o corpo de Alana, sem vontade de reagir. Mira o teto que a acolhe, preenchendo sua visão exausta. Pisca, cada vez mais pesadamente, até que o tremendo esforço cessa sob a luz desconfortável da antiga luminária. As palavras de Dora agora não são mais compreendidas. O alívio pelo som se distanciando preenche de paz e silêncio os seus sentidos, e o sono profundo encerra seu primeiro dia neste estranho lugar.

* * *

Pesadelos tão pontuais desistiram de sua visita nesta noite. O incomum despertar, tranquilo e descansado, lembra que há mais um dia a enfrentar. Após um breve cuidado com sua aparência, Alana decide sair do quarto. Rostos desconhecidos decoram um frio corredor.

Seus passos, agora mais firmes, disfarçam a insegurança. A invisibilidade parece ser o modo de convívio ali. Enquanto caminha, observa faces apáticas, como se desfrutando de sua obrigatória solidão. Passa por portas e mais portas abertas. Os solitários ocupantes parecem muito entretidos com suas loucuras, e olhares opacos não notam sua presença. É possível identificar alguns corpos despidos, e um sentimento de pena toma conta de Alana. Como se para poupá-los dessa atmosfera vexatória, ela começa, gentilmente, a fechar cada uma das portas.

Um constrangimento assombroso corrói seu ânimo, e ela quase desiste de seguir. Quando ensaia seu corpo para o retorno, nota algumas placas na parede desbotada.

A curiosidade volta seu olhar a diversas opções.

"Lugares a serem descobertos, ou ocultados", traduz para si mesma. Alana cruza os braços e caminha. Se entendeu bem, a placa verde levará até o jardim.

A imensa porta enquadra uma paisagem incrível, e, ao atravessá-la, ela sente uma brisa refrescante. Seus cabelos esvoaçam suavemente. Como pinceladas em tinta a óleo, folhagens divulgam suas múltiplas texturas, seus diversos tons. Atenta, escuta o som da dança entre galhos e folhas.

Os olhos cerrados aguçam seu olfato. O perfume calmante inebria os sentidos, e uma sintonia, há muito perdida, ocupa todo o seu corpo. Provocante, o sol vai tomando seu rosto, que se entrega, desfrutando desse morno manto.

Um extinto sentimento de paz se apodera de Alana. Seus passos, mais leves, convidam a um passeio.

Desacostumada com a luz do dia, se encanta com as diversas cores das flores. Ela não resiste e começa a tocá-las. Suas texturas aveludadas acariciam e lhe fazem cócegas na palma da mão; sorri. Nota pequenas placas embaixo de cada uma delas. *Nomes bem comuns para plantas tão exóticas.*

O cheiro de flor aguça seus sentidos.

Seus olhos cerram quando a imagem do filho é lembrada.

A brisa se transforma em uma ventania forte e desconfortável. Alana sente uma picada na mão direita e encara o espinho fincado na pele. Ela se afasta, e algumas gotas de sangue escorrem de um dedo. Pressionando-o com força, ela tenta estancar o sangramento.

Um súbito estalo distrai sua atenção e faz seu corpo saltar de susto. Uma pontada de irritação transparece na expressão ao se defrontar com um desajeitado homem.

— Sinto muito, moça. Não queria incomodar — ele fala pisando em alguns galhos secos.

Alana o encara com desconforto.

Ferramentas de jardinagem aparentes em alguns bolsos do macacão; o grande chapéu ampara uma pele envelhecida, enquanto o olhar sombreado acompanha um sorriso nervoso. Suas sobrancelhas, de tão grossas, mais parecem marquises sobre olhos muito claros. As mãos amassam um saco de lixo, como se cancelasse seu interrompido trabalho.

— Desculpe, é que começo cedo nesta parte do jardim. Todas as manhãs recolho as folhas caídas e sempre estou sozinho.

— Não se preocupe, eu estava distraída... É o meu primeiro dia aqui. Sou Alana. — Sua mão se estende à espera do cumprimento.

Sem escolha, o homem retribui com seu toque calejado. A maneira com que retira o chapéu, em respeito à saudação, conquista a simpatia de Alana.

— Sou Heitor. Cuido destas flores há tanto tempo que já perdi as contas.

— São tantas... Algumas destas flores eu nunca vi.

— São raras... E só por mim cultivadas.

Heitor devolve o chapéu à cabeça, e seu olhar logo se desvia.

Sem mais palavras trocadas, eles se dispersam. Enquanto se afasta, Alana escuta uma voz baixa chamar.

— Moça, se me permite... — Heitor reinicia. — Todos que passam por isso, não voltam à mesma coisa... Às vezes, não conseguem voltar.

Alana se sente petrificada, seu bem-estar a abandona num segundo.

Uma expressão débil pousa em seu rosto conforme Heitor some de vista. Uma escuridão de medo acerca-se de sua alma, e o pessimismo cospe migalhas na garganta. Termina o passeio carregando seu corpo de volta ao asilo com passos lentos e derrotados.

* * *

Pensamentos disformes acompanham o seu longo retorno, e os pés já acusam cansaço. A patética visão do prédio com as inúmeras janelas começa a surgir. É possível notar sinais de vida do lado de fora. Bancos acomodam pessoas que, aquecidas pelo sol intenso, olham para o nada. Seu andar implora por um breve descanso; assim, desaba no banco mais próximo. Sem qualquer interesse pelos que a cercam, ocupa sua atenção com os detalhes externos do sanatório.

O azul intenso do céu, como pano de fundo, destaca a grande construção.

Inúmeras gárgulas agarradas ao topo do prédio parecem estar à espreita e, como guardiãs de um lar saturado de demência, ostentam expressões de horror. Enquanto percorre com o olhar as diversas estátuas que, tão bem entalhadas, exibem expressões perfeitas entre tristeza, dor e até mesmo asco, Alana alimenta seus pensamentos, reativando lembranças que remetem a tais imagens.

Quando menina, seu pai, muito religioso, adorava contar histórias sobre os incrédulos que viviam assombrados por essas criaturas, que todas as noites pairavam diante de suas janelas, insistindo em alertar que o mal nunca dorme. Avisavam que se não buscassem a Deus, suas almas estariam em perigo. Mas os descrentes não escutavam. A ausência de orações permitiu que todo tipo de mau espírito entrasse em seus quartos e arrancasse seus sonos. Já à beira da loucura devido à insônia crônica, se jogavam das janelas, para que finalmente as gárgulas, com as imensas asas abertas, os levassem para a casa de Deus, em busca de descanso.

Alana se lembra do medo que tinha dessas histórias, e agora, por força do destino ou por maldição, se vê observada por esses seres, embora o único medo que sinta seja dela mesma.

— Finalmente encontrei você! — A voz inconfundível de Dora reverbera em sua cabeça. — Pensei que fôssemos passear juntas. Seu cabelo está desalinhado, temos que dar um jeito nisso!

A desenfreada Dora, com essa intimidade forçada, ajeita seu cabelo.

— Não pode chegar desarrumada para sua primeira reunião, o que irão pensar?... Que não cuido bem da minha boneca?

Alana mal consegue engolir a saliva. A assombrosa abordagem faz seu corpo saltar do banco.

— Dora, não precisa se importar... Estou bem assim.

O olhar vidrado acompanha cada movimento de Alana, que aos poucos se afasta. Como se voltasse de um transe, Dora, com um largo sorriso, prossegue:

— Doutor Gael a aguarda para que conheça as outras.

— Não estou preparada... — Alana começa, mas, antes mesmo de terminar, Dora a interrompe com severidade, quase aos gritos:

— *Não é um convite! Você tem que me acompanhar. Tem, entendeu? Faz parte do tratamento!*

A áspera convocação, incomum em Dora, força Alana a obedecer, e as duas caminham lado a lado, sem trocar mais uma palavra sequer.

O desconforto tira dela a vontade de perguntar qualquer coisa. Uma nova e carrancuda enfermeira abre caminho entre pálidos pacientes, que não disfarçam seus medos e evitam ao máximo o contato visual. Irritada, Alana tenta acompanhar-lhe o ritmo ao entrar no prédio, mas, devido à possibilidade de encontrar pessoas em seu estado na reunião, arrasta os passos. Assim, se mantém atrás de Dora.

O longo corredor, agora vazio, amplifica o barulho dos passos firmes de Dora. Alana nunca imaginou que as solas de borracha do sapato de uma enfermeira pudessem ranger tão alto; não sabe se é intencional ou não, mas aquilo importuna seus pensamentos. O brilho do piso acompanha esse caminhar que parece não ter fim, enquanto uma luz fria se projeta sobre suas cabeças. O cheiro de limpeza excessiva faz faltar o ar a Alana, e uma leve tontura abate seu corpo. Como um fantoche, segue o impecável uniforme branco de Dora.

O ranger dos sapatos cessa com a parada brusca. E, como uma sombra, Alana repete seu ato.

As duas se entreolham diante de uma porta dupla.

— Chegamos! — A voz de Dora esbofeteia o ar.

Uma doce mulher ressurge com seu recuperado sorriso, e Dora, depois de batidas rápidas, abre sem qualquer esforço as duas portas ao mesmo tempo.

Sem tempo de se recompor, Alana é observada por um círculo de pessoas sentadas dentro da sala.

Silêncio constrangedor.

Mesmo de costas, é possível reconhecê-lo. O terno escuro não deixa dúvida. Quando se vira, os traços fortes revelam o sério doutor Gael, que a recepciona com um olhar inexpressivo. E, sem desviar, ele aponta para uma cadeira vazia ao seu lado.

Mais uma vez, Alana parece não ter opção.

O rubro de sua pele se manifesta de maneira desastrosa no rosto. Sem saber para onde olhar, Alana acomoda-se da forma mais silenciosa que consegue.

Os olhares a fitam mais intrusos, e só se desviam quando, de forma nada gentil, as portas batem, lacrando-os em uma obrigatória reunião.

— Agora estamos prontos — inicia Gael.

Obedientes ao silêncio da pausa, todas as faces ficam atentas.

— Tenho observado vocês por algum tempo — Gael continua, varrendo-as com seu olhar. — Cada uma sabe o porquê de estar aqui?

Rostos engessados pela dúvida se entreolham. Pensamentos desconfortáveis começam a moldar diversas expressões.

Gael fita cada uma delas, demonstrando certo prazer.

Algumas cadeiras são afastadas. O barulho desconcertante torna o ambiente ainda mais pesado.

— Ou melhor, vocês se lembram de como chegaram aqui? — Gael encara Alana repentinamente.

Como se esquecessem o próprio idioma, balbuciar alguma resposta se torna impossível.

— Para acabar num lugar como este, não devem ter sido boas pessoas — ele diz com um sorriso sarcástico.

— *Que tipo de terapia é esta?* — O ríspido comentário invade a sala, e todos olham para a jovem de cabelos compridos que, sem se incomodar com a tensão provocada, grita para Gael.

— Você é que deveria dar a resposta — ele responde.

— Concordo! Por que nos provocar desse jeito? Acredito que, se estamos num lugar como este, é porque estamos passando por momentos difíceis. O senhor deveria ser mais educado — acrescenta a senhora com cicatrizes no rosto.

— Não percebem que esta é uma casa de perguntas e nunca de respostas? — a mulher com feições orientais diz em tom firme.

— Já estive em várias… e acreditem: esse jogo de empurra só está começando. — Ao falar isso, cruza os braços.

Alana sente suas mãos suarem e, enquanto as aperta, desvia o olhar para o chão.

Silêncio absoluto.

— *Fracassadas!* — Gael dispara.

O sentimento de afronta espalha sua teia sobre todas, e uma avalanche raivosa de vozes explode. Inalterado, Gael se levanta, rodeando por trás o círculo de mulheres. Frases se misturam em tons agudos. E ninguém parece se importar com o movimento de saída do diretor da mesa, que observa de forma curiosa a inflamada reunião.

Ao lado de Alana, a senhora com aparência cansada emite um sussurro rouco e arrastado. Aos poucos, ela começa a compreender a repetição da mulher:

— Você sabe como chegou até aqui? Você sabe como chegou até aqui? — Seus olhos nervosos cobram uma resposta de Alana.

O desespero da dúvida a invade também. Muito assustada, ela desvia o olhar.

A discussão diminui à medida que as vozes se cansam, e uma atmosfera de medo sufoca o debate por completo.

"Algo está muito errado", Alana pensa.

Uma postura completamente diferente se manifesta naquele estranho homem.

O silêncio passa a ser cruel.

— Este é o mal que há em tudo o que acontece debaixo do sol: o destino de todos é o mesmo. O coração dos homens, além do mais, está cheio de maldade e de loucura durante toda a vida; e, por fim, eles se juntarão aos mortos — Gael fala enquanto as rodeia, a passos lentos.

— Pois do interior do coração dos homens vêm os maus pensamentos, as imoralidades sexuais, os roubos, os homicídios, os adultérios, as cobiças, as maldades, o engano, a devassidão, a inveja, a calúnia, a arrogância e a insensatez. Todos esses males vêm de dentro e tornam o homem impuro — ele diz, e enfim decide voltar para sua cadeira.

Uma audiência assombrada o encara.

Como o facho de luz de um farol, o olhar de Gael se dirige a todas.

— Por que não começamos de novo? — sugere Gael, enquanto ajeita alguns fios de cabelo que fugiram de seu corte perfeito.

E exibe um semblante desafiador.

As respirações tensas se tornam audíveis.

— Raquel! — Ele se dirige de forma muito seca para a jovem de cabelos longos. — Tão jovem e já tão vivida. Inúmeros relacionamentos fracassados... Só que, desses fracassos, Deus lhe deu vida! Em todos eles! E o que você fez? Recusou essas dádivas com a maldição do aborto! A vaidade de uma vida desregrada não poderia dar certo, não é mesmo? Deveria ser muito feliz com a vida que levava, pois ingerir uma quantidade absurda de medicamentos com tanto álcool... *Estava comemorando, hein? O que pretendia?! Abortar sua vida?!* — Gael vocifera para Raquel, que o encara com os olhos delineados de pavor.

Fortalecido pelo impacto que provoca, derrama seu olhar predador sobre as mulheres, até que crava nos olhos puxados da mulher.

— Ah, sim, a problemática Paula!

Ela o encara já com lágrimas nos olhos.

— Todo tipo de distúrbio a acompanha desde a infância; quantos aniversários em instituições psiquiátricas? Sempre rebelde e arrogante com todos que tentaram ajudá-la, mas aqui vai ser diferente, eu garanto. Quantas chances Deus lhe deu para recomeçar? E o que você fez? Recusou! Sim, senhoras! Esta mulher, que traz uma infelicidade constante na cara, tentou tirar a própria vida! Jogar fora um presente de Deus! Por que sempre anda com os braços cruzados? Mostre a elas... *Mostre. Mostre a elas as marcas nos pulsos!* — Gael berra, erguendo os braços.

Mesmo com os olhos fechados, Paula não consegue impedir o derramar das lágrimas. Ela emite um soluço alto enquanto aperta os joelhos com as pequenas mãos. Abaixa a cabeça como se aguardasse o tiro de misericórdia.

Gael sorri, seu combustível perverso parece não se esgotar. Seu peito infla, exaltando um nítido orgulho pelo abuso das mulheres derrotadas.

— E, agora, a doce e educada Esther.

A senhora parece levar um choque ao ouvir seu nome. Mesmo assim, não consegue encarar o homem, que engatilha seu sermão.

— Sempre à sombra do marido, não é mesmo? Sempre dedicada... Quantos anos de casamento? Trinta, não é? A traição tirou você dos trilhos, não foi? Outra mulher, outra família... A incapacidade de ter filhos sempre a abateu, mas o fato de seu amado produzir em outra mulher foi mortal... Agora, cancelar o direito dela de ser mãe? Se Deus não lhe deu esse direito, por que achava que teria esse poder sobre ela?! Vamos! Essas cicatrizes que carrega no rosto são desenhos de sua maldade. Fez com que a pobre coitada, grávida de seis meses, a encontrasse numa ponte. O que pensava na hora do salto? O que a senhora esperava?! — Gael ergue a voz. — *Assassina!*

Algumas lágrimas que escorrem pelo rosto de Esther têm o percurso interrompido pelas cicatrizes. A humilhação por ter sua história exposta a deixa imóvel. Sua postura ereta não se abala, mas o estado de choque é nítido. Esther cruza as pernas, enquanto enxuga as lágrimas com a ponta dos dedos. Um leve ajeitar nos cabelos e um imaginário batom sendo passado nos lábios secos sugerem que o efeito foi devastador.

Ciente de ser a próxima, Alana tenta de toda forma controlar a respiração. Um ataque de ansiedade se anuncia em seu corpo, que começa a tremer, impossibilitando qualquer disfarce. Como uma presa certa do abate, retribui com olhos de quem não pode fugir.

— E agora, senhoras, apresento a doce, a talentosa bailarina Alana! Ah, uma artista!

Gael se levanta. Já no meio do círculo, gesticula como em reverência e tira o chapéu imaginário em sua direção.

Alana engole em seco.

— Seus passos não deram muito certo, não é mesmo? — Gael recomeça, olhando direto nos olhos de Alana. — Deus lhe deu talento, beleza e um ventre sadio, mas você não teve capacidade, ou melhor, competência para assumir os regalos divinos. Perdeu seu filho da pior forma, e esse fracasso pesou demais, não foi? Tentou fugir provocando um acidente contra si mesma. Enquanto dirigia, no que pensava? Para onde queria ir? — Gael a encara com olhos embebidos de ódio.

— *Cale esta maldita boca!* — Alana grita, colocando toda a potência na voz. — O que quer da gente? O que isso significa? O que é você, afinal? — pergunta em tom firme.

Suas palavras conseguem pescar a atenção de Paula e Raquel, que concordam, e buscam, com olhares pasmados, respostas do diretor.

Injuriado, Gael não desvia os olhos da bailarina. Um bufar pesado transmite o ódio que o impede de abrir a boca. Engole em seco antes da explicação.

— O que eu sou? Vocês me procuraram e agora me perguntam quem eu sou? No momento em que desistiram de tudo, eu estava lá. Alguém como eu deveria estar perto de vocês, que nunca souberam lidar com o insucesso de suas míseras vidas, para segurar e guiar essas podres mãos, capazes de arrancar vidas! Mas incapazes de segurá-las, de honrar o presente divino. Pois saibam que sou o único ouvido, entenderam? Sou o único ouvido capaz de escutar o sussurro da loucura! Eu sou o alívio da dor! — As fortes batidas de suas mãos no próprio peito, como a regência de um maestro, sincronizam piscares assustados. — Por que sei tanto sobre vocês? Porque vocês me queriam! Quais são suas últimas lembranças? Qual o mais forte desejo? A desistência é o meu chamariz! O arrependimento é a cura! — Gael distribui sua expressão de repulsa entre as mulheres. — Quando os crimes não são logo castigados, o coração do homem se enche de planos cruéis, planos para fazer o mal!

Assombradas pela última vontade lembrada, todas se entreolham. Rostos pálidos assentem o mau agouro. A aterrorizada Esther aponta em direção ao feroz homem, e aos poucos sua voz gutural molda uma gaga indagação:

— Vo... você... é... a...

— Eu-sou-o-des-ti-no-fi-nal — Gael diz pausadamente, em tom grave.

Capítulo 4

Paternidade farsante

Após dez horas de sono, seu corpo desperta com mais ânimo. Os pensamentos ainda dormentes, favorecidos pela ausência de som; os músculos se integram a um espreguiçar longo, enquanto o aprazível tecido que cobre seu corpo é afastado para pousar no macio colchão. Uma consciência descansada o convence de que sua decisão foi necessária. Antes mesmo do acidente, já não era possível reconhecê-la, e acolher a esposa desvairada seria muita irresponsabilidade.

O breve pensamento atormenta-lhe o descanso. Uma insuspeita aflição sopra o fado da culpa em sua mente.

Daniel se levanta.

Assumir o quarto do filho como lugar de pouso, de alguma forma, deveria agir como um antídoto para a amargura represada em seu doloroso e adiado processo de luto.

Porém, a falsa intimidade com o local entrega a paternidade omissa. O difícil processo de não saber lidar com o sentido de *tarde demais* o consome. A atmosfera fria e formal com o filho, a todo momento lembrada, finca seus pés numa morada melancólica. Vagas lembranças de sua ausência parental o trazem de volta a este lugar onde, sempre dividido entre trabalho e vaidades, visitava Lucas, dando a ele pouca atenção.

"Pai, vamos à exposição de robôs *vintage* no Centro hoje? Posso encontrar você no seu escritório no fim do dia?"

Daniel relê a mensagem do filho em seu celular.

"Lucas, impossível! Reuniões seguidas... agora mesmo encontro com um cliente... Abraços."

A frieza com que tratou o filho só agora percebe. Recorda que nesse dia não estava com tanto trabalho assim e que, na verdade, a reunião mais importante era seu *happy hour* com os amigos.

Mensagens seguidas de Alana aparecem depois.

Daniel desliga o aparelho.

A redoma maternal de Alana, eficiente e sufocante, inflama suas recordações, com o registro dos débeis esforços para se aproximar do filho, principalmente nos momentos mais importantes. Valendo-se dos dias tempestuosos da mulher, mergulhava mais nos problemas do trabalho, ausentando-se das obrigações familiares. Teve, assim, muito tempo para se tornar tudo aquilo que o pai dele sempre sonhou: uma referência na advocacia. O orgulho e a vaidade o impulsionaram, como em protesto à sua incapacidade doméstica. E logo uma profusão de dúvidas se mistura, em *flashes*, em sua bagunçada memória.

Quando foi a última vez que o buscou na escola? Qual seu filme preferido? Qual o livro preferido? Daniel olha para as prateleiras abarrotadas e não consegue reconhecer nenhum deles. Baixa a cabeça sob o peso da angústia e da derrota. O efeito do remorso expulsa lágrimas dos olhos cerrados de fracasso.

O vácuo de sua presença paterna desperta nele uma busca frenética por vestígios de impactos nos inanimados cantos do cômodo. Percorre com os olhos inseguros o quadro de fotos, e um sentimento desolador o invade por completo quando não se vê em nenhuma das imagens. Algumas, cortadas, expulsaram de propósito sua presença. Amigos e amigas desfilam para o forasteiro Daniel, enquanto os delineados olhos de Alana o encaram em uma declaração solene de seu poder.

Perdido, vagueia no espaço até chegar às portas fechadas do grande armário. Abre-o e se depara com um estoque de roupas intactas, penduradas, à espera de um reúso impossível. Enquanto algumas peças de roupas despencam dos cabides sobre o rosto úmido de Daniel, a madeira gasta, que reveste o fundo do móvel, chama sua atenção. Nota, então, algumas marcas insistentes nas emendas que dividem o painel. Um curioso tatear investiga aos poucos a irregular divisória de madeira, e um ruído, que o assusta, faz com que o peso de sua mão force a peça, que se solta. Surpreso, puxa a tábua para fora. Um fundo falso profundo guarda papéis e embrulhos ali socados. Daniel os puxa. Reconhece a caixa pequena e amassada como um de seus presentes para o filho. Daniel observa com os olhos esbugalhados o embrulho amarrotado sem cuidado. Suas mãos o seguram com força, como se segurassem um troféu diante do espaço de descarte do próprio filho.

 A dormência envolve suas pernas, que por longo tempo o mantêm posicionado diante do recanto criado por Lucas para guardar despojos da ausência do pai. O estúpido sentido de lembrança em forma material era o que sempre entregava quando voltava de viagens a trabalho, cada vez mais frequentes. O silêncio do cansaço e do descaso com o menino esculpe-lhe imagens na cabeça. Elas assolam um penitente Daniel, que agora remói suas lembranças.

* * *

O efeito do som alto faz Daniel saltar. Seus pés tropeçam em algo e ele cai de costas no chão. Desnorteado pelo impacto e pelo som insistente, procura à sua volta com os olhos apavorados. Leves batidas começam a tocar em sua perna. Assiste ofegante aos movimentos do pequeno robô. O barulho aumenta, e ele vê a estante cheia de luzes piscantes.

 Todos os robôs acendem suas luzes e movem os braços de forma desencontrada. Daniel arrasta o corpo dolorido em direção à estante. Antes mesmo de alcançá-la, os vidros das prateleiras estouram ao mesmo tempo. O estrondo do espatifar o faz recuar em posição fetal. Ele protege o rosto com as mãos diante do impacto interminável dos cacos.

O repentino silêncio faz repercutir sua respiração ofegante.

Daniel observa os estragos, enquanto tira alguns cacos de vidro de sua camisa. Seus olhos fitam os robôs completamente destruídos, num mar de lâminas cortantes. Com cautela, ele procura os espaços certos para colocar os pés descalços e, aos poucos, consegue dar passos largos em direção à porta. Antes de sair, ouve o barulho dos livros caindo. Um por um, como se num estudado suicídio coletivo, saltam de forma alternada das prateleiras.

Ele então ousa olhar para trás.

Mesmo no corredor, ele ouve as batidas dos livros chocarem-se no chão, como se disparassem tiros abafados.

Um por um.

* * *

Daniel sorve um longo gole de seu puro malte. O corpo dolorido e esgotado procura por apoio numa das cadeiras da mesa de jantar. Sem lugar cativo, desaba na primeira que vê. A mente procura por explicações lógicas para o que aconteceu no andar de cima, mas seu corpo, ainda trêmulo, não o ajuda a se concentrar. Mais um gole é necessário.

Diante das lacunas apresentadas pela desordem de seu tempo, a dúvida da sanidade embaralha ainda mais seus pensamentos. Um sentimento tóxico de desnecessidade pesa sobre seu corpo.

A luz do entardecer ilumina o relógio na parede, cujos ponteiros travados se recusam a lhe oferecer as horas. A teimosia da máquina parada reproduz o seu estado. Não precisando avançar, mais um gole se oferece.

A mesa, não posta, o assegura do vazio.

* * *

Um som insistente o desperta. Deitado no sofá da sala, Daniel reconhece o toque do telefone da casa. Passos pesados e irritados levam-no até ele. Suas mãos hesitam em atender, mas pensa que pode ser algo relacionado a Alana.

— Daniel! Pelo amor de Deus! É você? — A inconfundível voz de Sara, sua secretária, invade seu tímpano.

— Sim, o que você quer? — Daniel responde com desânimo.

— Como assim?! Daniel, são dias e dias à sua procura... Mandei várias mensagens, fui à sua casa... Meu Deus! Fiquei hiperpreocupada... Como você está? — Sara tenta diminuir o ritmo da avalanche com que se dirige a ele, e sua sincera preocupação o obriga a responder.

— Estou bem. Só preciso de um tempo... Preciso me organizar um pouco.

— Eu sei... Sinto muito, muito mesmo! Mas é que... é que... — Sara procura as palavras, e Daniel se obriga a poupá-la do embaraço.

— A pressão sobre você deve estar sendo insuportável, não é?

— Aqui está uma loucura, Daniel... Os clientes já estão impacientes, eu não tenho mais desculpas — Sara agora fala com a voz bem baixa.

Daniel quase desiste de uma resposta, mas, toda vez que é pressionado pelo trabalho, a imagem de seu pai lhe surge.

Procurando preencher o vácuo afetivo dos dois, Daniel, desde cedo, tentava atender a todas as expectativas paternas. Relembra que por anos seus esforços eram recebidos com olhares desconfiados e, muitas vezes, com grande desdém na frente de todos. Quando adoeceu, mesmo ciente do pouco tempo que lhe restava, seu pai não o assumia como o sucessor. Quis o destino implacável mantê-lo definhando por longas semanas sobre uma cama.

Em sua última visita, ainda lembra do frágil corpo do pai, monitorado por máquinas ruidosas que o assombram até hoje. Mas o que não esquece mesmo é que, ao se aproximar dele, só conseguia enxergar desprezo em seus olhos.

Seu último gesto de arrogância foi presenciado por terceiros, inclusive pelo neto, com quem ainda quis trocar algumas palavras a sós. O amor que jamais lhe ofertou, pelo menos, esbanjava ao neto.

Os documentos eram claros: iria assumir uma pequena parte do escritório. Suspirou, não poderia deixar os negócios desandarem justamente agora.

— Em meia hora estarei aí — Daniel consegue responder, por fim.

Capítulo 5

Aceitem o irreversível!

"Pois o Filho do homem veio buscar e salvar o que se havia perdido."[2]

Ao dizer isso em tom tempestuoso, Gael arrasta sua cadeira para fora do círculo. Um medo visível se espalha entre as pacientes, levando-o ao deleite. Já no centro da roda, ele exulta por manter o controle sobre as mulheres, e sua voz grave prossegue na desconcertante terapia:

— "Eu lhes asseguro: quem ouve a minha palavra e crê naqu'Ele que me enviou tem a vida eterna e não será condenado, mas já passou da morte para a vida!"[3]

Após a citação, Gael gesticula teatralmente, com os olhos fechados, como se um cântico ecoasse em seus ouvidos. Sem se importar com o tempo, e muito menos com as pessoas ao seu redor. Petrificado na lacuna do silêncio, o círculo se entreolha — há gritos no olhar.

Alana parece ter saído de seu corpo e seguido em voo para longe dali. Recordações da juventude, enterradas com determinação, surgem para uma sofrida revisão da cegueira religiosa como

---

[2] Evangelho de Lucas, 19:10.
[3] Evangelho de João, 5:24.

orientação. Como a loucura tem seus anexos, em vez da voz do maldito diretor, é a voz de seu pai que ressoa tonitruante aos seus ouvidos. Versículos tão conhecidos, expulsos por meio clamoroso e com agressões, relembram-na de sua história no incorreto lar. Um fanático violento e uma depressiva manipuladora reaparecem, assombrando seus pensamentos; e *flashes* reprováveis vêm à tona.

Respira fundo e implora a si mesma para que não perca o controle, mas o eco da voz mordaz tem a capacidade de injetar desespero em seu cérebro, disparando pânico para o corpo. Ao se levantar bruscamente, desperta olhares assustados e também um olhar furioso de Gael, que, recomposto, a acompanha. Ela agarra com desespero uma das maçanetas da porta dupla por onde entrou. O movimento de suas mãos se repete, até que, exausta, desiste diante da saída trancada. Mesmo de costas para o círculo, é possível prenunciar os rostos apavorados, atentos ao seu insucesso. Os joelhos de Alana recebem o impacto do chão, amortecendo a gravidade do fracasso. Seu retorno ao círculo é observado em silêncio. O olhar embevecido de fanatismo de Gael a encara como se enxergasse a sua já condenada alma.

— Eu sou a salvação! Sou a última chance — Gael recomeça. — Estão no lugar certo, agradeçam a oportunidade de regeneração! Vocês foram capturadas a tempo, e aqui terão a cura de seu mal. Sintam-se abrigadas, pois já estão encerradas por suas famílias e todos aqueles a quem causaram dor. Aceitem o irreversível!

Um estalo invade a sala. Todos os rostos se viram para a estante de livros, que começa a deslizar, revelando, aos poucos, uma passagem para outro cômodo. A figura, pequena e conhecida, de Dora surge no estreito corredor. Uma luz fraca no interior do espaço banha a expressão carrancuda da mulher, muitos anos de idade acrescidos ao seu semblante infeliz. Dora e Gael trocam olhares diante de uma audiência imersa em pavor, que, pressentindo o vínculo entre eles, entende que planos já foram traçados. Um amargo sentimento pessimista se apossa de cada uma delas, desbotando seus rostos, como se as almas desistissem dos corpos.

— Tudo como o senhor pediu, doutor Gael. — A voz firme de Dora traduz sua lealdade enquanto se dirige ao círculo silencioso e, sem qualquer delicadeza, agarra o braço de Esther, obrigando-a a ficar de pé.

Um rude comando é disparado pelo diretor, já próximo à passagem:

— Vamos! Levantem-se!

Seguidas e barulhentas palmas exigem agilidade do assustado rebanho, que responde com movimentos obedientes, acompanhando Dora, que puxa Esther.

Paredes sem tinta testemunham a marcha abatida. Um cheiro de mofo muito forte sugere que a passagem tem uso esporádico; assim, pensamentos mórbidos inspiram preocupações em Alana.

Finalmente, quando Dora desiste da carcaça de Edith, as mulheres percebem uma nova porta, agora de ferro, como se guardasse algo feroz do outro lado. A guardiã do local introduz a chave na fechadura, e o som desagradável do girar enferrujado ressoa, não muito diferente do barulho da porta ao ser empurrada.

A luz fria de enormes lâmpadas fluorescentes expõe um ambiente sinistro, onde pequenas celas separadas umas das outras aguardam, sem qualquer conforto, engolir as presas. A grande sala não tem janelas, e uma outra porta fechada ao fundo é vista. Paredes de tijolos aparentes exalam um cheiro ocre, mofado, que impregna o ambiente. Ali, somente o preto e o cinza se destacam. No chão, um piso de pedras irregulares, como se projetado para um túmulo, espera por seus pousos.

Dora, com visível impaciência, entra com muita intimidade nesse oculto presídio. Enquanto abre uma das celas, retorna o olhar irritado para as mulheres prestes a sumirem dentro do desconhecido. Banhadas na luz que lhes dá uma aparência fantasmagórica, em silêncio recebem as ordens.

— Raquel, você fica nesta primeira. — Dora puxa a grade, e o corpo franzino da jovem obedece com movimentos lentos. Sem olhar para trás, ela se encolhe em um canto, em silêncio. Dora verifica se o cadeado foi bem travado. O orgulho estampado em seu rosto pelo trabalho bem-feito se revela para as próximas vítimas.

— Esther! Para a próxima. Paula! Para esta da ponta; e, Alana, a do fundo é a sua.

Quando todas estão devidamente *guardadas*, Dora se encarrega de trancar a porta por onde entraram. Após colocar a chave em seu jaleco, se posiciona bem no centro das gaiolas e, para espanto geral, exibe um imenso sorriso. Com uma voz doce, começa:

— Queridas, chegamos a um novo estágio do tratamento — diz, enquanto distribui um olhar sereno. — Depois de tudo o que fizeram, só um lugar como este pode acolhê-las. Não se preocupem, eu e o doutor Gael vamos cuidar muito bem de vocês. Agora, sugiro que descansem e aproveitem o luxo que merecem.

Os olhos vidrados recaem sobre elas.

Dora se aproxima da cela de Alana e a encara por um tempo. Suas sobrancelhas arqueadas destacam um piscar mais longo e, ao se abrirem, seus olhos estão completamente negros. Eles se fecham enquanto fala consigo mesma em sussurros incompreensíveis. Ao terminar, seus olhos se abrem, exibindo normalidade.

Os passos se arrastam até a porta do fundo. Rostos incrédulos testemunham a saída de Dora, seguida do terrível som da enferrujada porta.

— Eu não mereço estar aqui. — A voz baixa de Raquel inicia a lamúria. — Eu não posso ficar aqui, eu não posso ficar aqui. — Seu tom aumenta enquanto se levanta.

As mulheres acompanham em silêncio seus movimentos, e as batidas de seus braços contra a grade fazem grande estardalhaço.

— Por favor, Raquel, acalme-se! — sussurra Paula, tensa. — Não chame a atenção desses loucos... Olhe para mim. Raquel, olhe para mim!

Em um visível ataque de pânico, Raquel não a obedece. Suas batidas estão mais fortes. Então, Paula se levanta e, agarrada às grades, ordena:

— Olhe para mim!

A voz firme de Paula paralisa não apenas Raquel. As outras a encaram assustadas.

— Devemos entender que jogo é este... Acreditem, já estive em várias instituições, e eles brincam com nossas mentes — Paula diz em tom mais ameno. — Vamos ter paciência e aguardar para ver até onde isso vai parar. Eles devem estar nos observando... E o que querem é exatamente que a gente se desespere.

— Não acho que isso seja um jogo — Alana diz, sabendo que as mulheres não viram o que ela viu.

— Meu marido vem me buscar — Esther ressurge com um sorriso trêmulo. — Tenho certeza disso... Além do mais, ele não tem mais ninguém para cuidar dele.

— Não! Ninguém vai aparecer! Depois de tudo o que a gente fez... Não, ninguém nos quer de volta! — Raquel diz em prantos.

— Menina insolente! — Esther comenta ajeitando os cabelos. — Não me compare a você!

— Parem com isso! — interfere Alana. — Estamos exaustas... Passamos por coisas terríveis. Não é hora de ataques!

— Ainda acho que é uma grande encenação — insiste Paula. — Não sabem do que são capazes para nos descontrolar.

Elas se entreolham.

* * *

Os joelhos doloridos de Alana latejam. As lágrimas escorrem.

As respirações ofegantes preenchem o ambiente, sufocam sua garganta e a impossibilitam de participar dessa sinfonia medonha. Os últimos acontecimentos liquidam qualquer tipo de comunicação entre elas, e agora, acuadas, acuadas, não escondem seu vexame. A exaustão pesa sobre o corpo de Alana, que, bem devagar, se entrega ao piso de pedra. Tenta encontrar uma posição para o repouso, mas um arrependimento histérico a toma, enquanto, mais uma vez, o desejo de morrer a visita.

Seus olhos, que ardem de cansaço, investigam o espaço. Agora o silêncio é total; então Alana percebe que as outras mulheres, engolidas pelo esgotamento, estão como ela — demolidas sobre a fina camada de poeira no chão.

Capítulo 6

A lacuna do tempo

Na sala de reunião, dois homens encaram Daniel com certo desconforto, e ele retribui com um olhar apático. A atmosfera tensa, devida ao grande atraso, não parece incomodar o desalinhado advogado, que os observa de seu assento habitual.

Sara, sem conseguir esconder o nervosismo, concentra-se em distribuir as pastas solicitadas pelos clientes diante de seu chefe, e, como sua fiel escudeira, não poderia deixar de servir o café batizado de uísque.

Com olhos envernizados, Daniel acena em agradecimento, e palavras não são necessárias para que a jovem deixe o local.

Olhares assustados observam seus goles.

— Acredito que algo muito relevante esteja influenciando sua conduta com relação à nossa causa. Nosso contrato prevê uma série de medidas futuras que, indicadas por você, aguardam ações. Tento manter meu otimismo por seu trabalho, pois, em alguns anos de atendimento, nunca tivemos alterações descaídas... até agora. Mas, se imprevisíveis rumos tomados dominarem nossa relação, sem hesitar, nossa empresa rescindirá o contrato. E não preciso relembrá-lo de nossa relevância no mercado, e como isso poderia influenciar seus outros contratos — o homem calvo começa, ajeitando os óculos de lentes grossas.

Os anos de experiência na profissão blindam Daniel com a necessária serenidade, e, diante da arrogante ameaça, encara seu cliente de maneira firme e silenciosa.

Só por um tempo.

— Ao longo de dez anos de trabalhos prestados, relembro que, com os processos ganhos, sua empresa teve a reputação recuperada. Suas decisões erradas quase o levaram para o abismo, e somente com meus sábios conselhos você voltou ao jogo nos negócios. E suas cagadas na vida pessoal, há de convir... ajudei a enterrá-las. — Daniel coça a barba por fazer e, num tom mais desafiador, se aproxima dos olhos miúdos do homem.

— Se minha conduta, ao manter uma máquina como o meu escritório trabalhando incessantemente na sua causa, não estiver de seu agrado, devemos, de fato, rever nosso contrato. Inclusive, relembrar os pagamentos atrasados — Daniel dispara.

Os pequenos olhos negros piscam rápido atrás das lentes grossas e se desviam, diante dos toques insistentes de seu assistente em seu antebraço.

— E, como durante anos minha conduta, muito séria e fiel às suas questões, não o surpreendeu, o fato de não o ter atendido pessoalmente durante alguns poucos e malditos dias decorre de eu ter passado por algo muito grave. Informo que, sim — Daniel toma um imenso gole de seu uísque —, minhas ausências são devidas ao fato de que meu pai faleceu após semanas preso a uma cama hospitalar; logo em seguida, tive de enterrar um filho e trancar minha mulher numa instituição psiquiátrica.

O copo vazio chega a trincar devido à batida na mesa.

Antes de deixar a sala de reunião, Daniel finaliza para os aturdidos ocupantes:

— Vou pedir a um dos meus sócios para reiniciar esta reunião, se os senhores ainda tiverem interesse.

Em resposta, as cabeças, com meros movimentos de aceno positivo, assistem à sua saída numa mudez constrangida.

Sara, assim como os demais no escritório, gostaria de sumir, enquanto o silêncio acompanha a partida de Daniel.

* * *

Um cansaço extremo bagunça sua mente, suas mãos suam e um leve ácido borbulha em seu estômago. Ainda no elevador, os sintomas o alertam para não pegar o carro; mesmo assim, insiste no botão do térreo. No momento em que toca o alumínio, seus sentidos se despedem e uma dormência se apodera de seus músculos. O ar começa a faltar, e um sentimento de pânico trava sua mandíbula. Segundos se tornam horas. Sua visão embaçada implora por luz natural ou qualquer coisa que tenha vida. Insanos batimentos do coração dominam sua audição; uma repetição hipnótica e um sombrio pressentimento pairam em sua alma.

Cobre sua pele um véu pálido e frio. Quando os joelhos ameaçam se curvar, a porta se abre. A imagem urbana age como um antídoto para sua agonia; inicia um andar cambaleante para o mundo exterior.

Enfim, alcança a calçada; oxigênio e poluição, num vaivém intenso em seus pulmões, parecem exorcizar seu corpo. Aos poucos, recobra a postura, assim como os sentidos.

* * *

Pessoas apressadas ultrapassam seus passos lentos na larga calçada. Indiferente aos esbarrões, seu corpo insiste na passagem atribulada, e movimentos automáticos guiam-no para um passeio sem destino.

Na mente cada vez mais sombria, lembranças fragmentadas atormentam sua sanidade. Em voz baixa, começa a citar os dias da semana, repetidamente, como um refrão:

— Segunda... terça... quarta...

Mesmo em pausas, as palavras não resgatam memórias conexas. Seus passos se apressam, como se traduzissem sua inquietude.

A lacuna do tempo engole suas palavras e desordenam seu sentido.

— ... sábado... terça... quinta... — Daniel continua sussurrando, e alguns rostos já o encaram ao passarem por ele.

O desânimo se abate de forma pesada sobre seu corpo, os passos desaceleram. Sua atenção retorna ao se encontrar em uma rua bem distante do local de onde partiu. Ele nota uma praça alguns metros à frente. Uma breve pausa é necessária, ele não tem pressa. Então, senta-se num dos bancos.

Daniel observa as poucas pessoas que desfrutam desse espaço malcuidado e que, assim como ele, se dispersam em bancos estragados, envoltos por plantas secas. Árvores quebradas sombreiam os caminhos esburacados que levam a uma fonte desativada. Em seu centro, estátuas depredadas, cobertas de musgo e cocô de passarinho resistem, numa exibição de abandono. O leão, com asas de águia, pousa uma das patas sobre um livro fechado. A coluna que o sustenta, delineada por rachaduras, está rodeada por anjos, cujas cabeças já não têm mais rostos, e as asas que restam mais lembram foices fincadas.

A paisagem, saturada pelo esquecimento, desconvida sua presença.

Daniel ergue seu pulso à procura das horas.

Os ponteiros dançam soltos em seu relógio quebrado.

* * *

Ele passa por algumas quadras, até que uma esquina chama sua atenção. Numa breve caminhada se aproxima do pequeno prédio. Um abafado som de piano que vem de trás da grande vitrine não deixa dúvidas: é a escola de dança em que Alana trabalhava. Estranha o fato de ter vindo tão poucas vezes a esse lugar, já que sua mulher passava grande parte de seu tempo ali. Um certo frio percorre sua espinha quando a imagem da mulher, esbelta, com passos perfeitos, surge entre meninas saltitantes. Seu penteado impecável emoldura um pescoço esguio sobre costas de uma beleza incrível. A semelhança com Alana é assustadora.

Seu rosto, banhado pela luz do letreiro, permanece paralisado. É retirado do transe por uma voz insistindo em seu nome:

— Daniel! Daniel!

O rosto idoso e incomum da mulher o encara com curiosidade e surpresa. Ao sentir um forte cheiro de tabaco, com certo desconforto, Daniel o associa à voz grave, típica de uma fumante voraz. Mesmo assim, ele procura reconhecer a mulher, que com simpatia começa a lhe fazer perguntas e o deixa mais confuso.

— Você é Daniel, marido de Alana, não é? — ela recomeça, enquanto apaga o cigarro em seu cinzeiro portátil.

Daniel nota que sua simpatia foi engolida por uma expressão de tristeza, e seus olhos carregados de delineador abaixam como que constrangidos por lembranças ruins.

— Sinto muito pelo que aconteceu... — ela diz, guardando o pequeno objeto no bolso.

— Desculpe, a senhora é...? — ele a encara em dúvida.

— Ah! Faz tanto tempo... E você esteve aqui pouquíssimas vezes, não o culpo por não se lembrar.

Ela continua:

— Sou Valentina, e esta é minha escola — ela lança um olhar orgulhoso para a fachada.

Ele se aproxima da vitrine. Valentina, ao perceber seu olhar fascinado, acena para que a acompanhe.

— Venha, vamos tomar um café. Acho que está precisando de uma pausa.

Sem esperar resposta, Valentina já está diante da porta de vidro entreaberta, Daniel ao lado. O som agradável da música o envolve de forma convidativa.

Os passos firmes e masculinos que atravessam o salão provocam risadinhas nas meninas encabuladas, levando a professora a interromper a dança, e um girar repentino revela seu rosto para Daniel. Com um sorriso tímido e traços bem diferentes dos de Alana, a mulher o cumprimenta com brevidade.

Quando um alvoroço de sapatilhas e tules entre as meninas se inicia, Valentina interfere.

— Meninas! Meninas! — O bater das palmas desacelera os passos agitados, e algumas já seguram a barra de apoio.

A música se reinicia, e todas se concentram diante do espelho.

O pequeno escritório de Valentina estampa a trajetória de uma grande bailarina. Fotos e mais fotos ocupam as quatro paredes, e Daniel observa tudo em silêncio; em todas elas, a presença de uma exótica e bela mulher se destaca. Aos poucos, desvenda, nos delineados olhos, se tratar de Valentina.

— O tempo e o cigarro são cruéis com a aparência, não são? — A risada e o tilintar das xícaras desviam o olhar de Daniel para a distante fisionomia de Valentina, que continua:

— Venha, não deixe o café esfriar. — Suas pequenas mãos pousam delicadas porcelanas sobre a mesa próxima às poltronas de couro.

Daniel senta-se olhando para os quadros, e, de súbito, o olhar inconfundível de Alana o encara. A moldura dourada centraliza a foto de formatura de uma das suas turmas de bailarinas. Meninas sorridentes cercam a mulher com expressão séria.

A voz grave de Valentina desvia sua atenção:

— Costumo me referir a este espaço como sala da saudade. Às vezes, quando perco o sono, venho para cá e revivo todo o meu repertório até entrar na terra dos sonhos. Ah! É que eu moro aqui em cima — seu dedo indicador aponta para o teto.

Daniel pega a xícara, e, enquanto bebe o café, Valentina observa suas mãos trêmulas.

— Como pode ver, meu lar é a dança. — Ela se levanta e se serve de um pouco mais de café. Em seguida, desfila um olhar encantado de orgulho pelas fotos.

— Esta aqui… — Acariciando a moldura, Valentina suspira como se revivesse em *flashes* o momento do registro. — Ainda sinto o cheiro de tinta fresca dos painéis do cenário. Este foi meu primeiro papel principal na peça *Giselle*. A lembrança dos aplausos de um teatro lotado ainda me arrepia. Esta outra... — Como se apresentasse troféus, ela continua:

— Nesse dia, eu estava com muitas dores no corpo de tanto ensaiar, mas a responsabilidade de interpretar Julieta era quase obsessiva. Veja! Se olhar de perto, vai perceber lágrimas nos meus olhos. Meus ossos pareciam se quebrar durante um *adagio*, e até o Romeu me olhou surpreso ao escutar os estalos — ela sorri para o seu silencioso ouvinte.

— E aquela maior, em preto e branco...

Ela se aproxima da foto, e seu toque, mais demorado, desliza sobre a própria imagem. O sorriso desaparece de seu rosto.

— Esta foi a última... Meu marido era fotógrafo e adorava me espiar enquanto eu ensaiava. Ainda me recordo bem: ele e sua inseparável *Leica*, num dos cantos da sala, às vezes atrás do piano, como se achasse que tinha o poder de ser invisível.

Um cansaço de saudade transparece em sua face.

Ela se vira, e Daniel a observa atento, em silêncio.

Valentina volta sua atenção para a foto e continua:

— Um olhar apaixonado... Era o que eu recebia todos os dias... Até que seus olhos se fecharam para sempre. Por isso, coloco esta imagem em destaque, é como gosto de lembrar dele... seu olhar. De alguma forma o faz presente. Este foi meu último ensaio. Com a sua partida, nunca mais consegui pisar em um palco. O amor dele era o meu motor para a dança. Sem ele na plateia... Foi aí que decidi abrir a escola.

O barulho da xícara sendo depositada no pires por Daniel pausa sua explicação. Ainda de costas para ele, ela recomeça:

— Seu olhar... Você tem olhos sinceros, profundos. — Ela se aproxima da moldura dourada com a foto de formatura.

— Alana possui uma vitrine vazia como olhar... nunca consegui decifrar. Ela jamais comentava sobre sua vida, e, como gosto de conversar, de alguma forma ela me censurava, mas sempre com um olhar frio. Só sei que você é o marido dela, porque perguntei num dia em que veio buscá-la. Você esperava dentro do carro e parecia chateado. Sou muito boa fisionomista. Acho que fui me acostumando com ela. Algumas alunas tinham medo; afinal, ela era muito rígida com as meninas, e acho que com ela mesma. Sua dança impecável nos deixava de queixo caído. Até hoje, só vi aqueles passos quando eu estava diante do espelho. De certa forma, ela me trouxe de volta um pouco ... mas é uma pena...

— Ela *era* imprevisível — Daniel a interrompe de forma ríspida.

A inesperada resposta faz Valentina saltar. A xícara se desprende de seus dedos e se espatifa no chão. Sem tirar os olhos dos cacos espalhados, ela pergunta, voz rouca e lenta:

— Daniel, onde está Alana?

Daniel se levanta.

De súbito, ela encara o reflexo no vidro do quadro. Daniel está logo atrás dela. Uma das mãos dele agarra seu ombro direito enquanto a outra aponta, com o dedo em riste, para o rosto de Alana.

Valentina permanece imóvel. Ele aproxima o rosto de seu ouvido, e a respiração quente exala o cheiro etílico, quase fazendo-a tossir.

— Esta Alana nos deixou. Nos deixou para sempre, entendeu? — Sua voz soa ameaçadora.

Ele aponta repetidas vezes para a imagem de Alana, então fecha o punho e desfere um soco no quadro. Os olhos arregalados de Valentina encaram as fissuras com imenso pavor.

A imagem refletida, estilhaçada, não é de Daniel.

E também não é humana.

Ela fecha os olhos pressentindo um ataque iminente.

* * *

O impacto da forte batida da porta descerra seus olhos. O rosto gira lentamente, e a respiração ofegante ocupa a sala vazia. Ela corre até a porta e gira a chave no seu limite. Sua mão trêmula confere a resposta da maçaneta.

A passos lentos, Valentina se aproxima do quadro mais uma vez.

O vidro intacto reflete seu rosto prestes a um longo pranto.

Capítulo 7

Devemos orar?

Lucas a encara, aflito.

Suas mãos agitadas tentam arrancar a costura da boca, que começa a sangrar. As unhas acinzentadas arranham a pele púrpura com aspecto ceroso. Os olhos afundam, seus traços estão irreconhecíveis.

Seu gemido incessante aumenta, mais e mais...

Qualquer tipo de articulação de palavras se anula em Alana; então o revés da angústia transparece em sua reação.

A expressão de pavor do filho atormenta seus sentidos, e o corpo responde com uma grande agitação.

De um lado para o outro, as mãos agarram grade por grade em busca de apoio. Os olhos cheios de pavor percorrem o ambiente sob a luz pálida, até que ela reconhece o mesmo tétrico cenário. As mulheres ainda dormem. Envoltas em roupas sujas, têm aspecto decadente, com toque de morbidez.

Sua respiração ofegante quebra o silêncio, acabando por despertar Paula, a quem encara sem discrição.

Descortinados olhares se manifestam da mesma maneira sobre ela, que, aos poucos, obriga-se a voltar ao normal. Uma concordância invisível parece ser compactuada por todas. Nada dizem e desviam o olhar.

O desagradável barulho do metal corroído ressurge, gerando tensão. Mãos desistem das barras das celas como movimentos ensaiados, assim como seus passos, recuados.

Diante do aspecto revigorado de Gael, seus rostos denunciam desgosto, enquanto o sorriso sarcástico dele tem o poder de pulverizar uma animosidade eficiente ao circular por entre as celas. Ele as observa em silêncio. Com as mãos nos bolsos, dá voltas e mais voltas, como se desfrutasse de sua própria exposição de arte.

Os passos se arrastam de propósito diante de cabeças baixas e plangentes.

— Achavam mesmo que enganariam a Deus, depois de tudo que Ele deu a vocês? Como acham que Ele se sente? — Gael para no centro entre as celas. — Meu Deus está magoado, suas desonestas e traiçoeiras! Vocês esconderam os pecados por caminhos tortuosos, mas pegadas sujas deixam rastros. Suas almas enfermas não alcançaram atalhos, porque de Deus não se zomba.

Com um olhar de desprezo, ele continua:

— Cabe aos justos interromper passos errantes; não estão aqui por acaso.

* * *

Um ruído abafado invade o ambiente. Os rostos assustados tentam entender de onde vem. Aumentam batidas por trás de uma das paredes. Um zumbido insistente se inicia em uma das lâmpadas, que começa a piscar. A iluminação tremida paira sobre o rosto de Gael, que respira profundamente de olhos fechados.

As batidas cessam e a luz volta ao normal.

— *O odor que exalam não é de medo, e muito menos de padecimento pela dúvida do que estão vivendo, mas sim por quão podres são!* — ele vocifera.

As palavras recaem sobre elas com todo o peso da humilhação que ele intenciona. Seus olhos turvos o acompanham, como se fadados ao fim.

— O pecado de descartar o dom divino da maternidade não tem perdão! E o meu Deus deu-me a missão de cuidar dessa escória! Acomodem-se no solo infértil ao qual pertencem! Adubem com seus restos imundos, e uma colheita diária de remorso será degustada. Borrifem lamúrias nessa estufa da desesperança, e sentirão na carne o fardo da rejeição.

Enquanto Gael dispara seu ódio, Dora surge carregando uma pequena bandeja, sobre a qual um pote redondo, com o brilho de um metal nobre, reflete a luz pálida em seus rostos concentrados.

— Eu não vim chamar os justos, mas sim os pecadores ao arrependimento! Sim! Este é o meu Deus! — Uma emoção descomunal faz Gael desabar sobre os joelhos; um semblante de humildade pousa em seu rosto, que se direciona para o nada e profere: — Estou aqui para cumprir teu desejo... sou teu servo...

Como se atendesse a uma instrução somente por ele ouvida, em resposta se levanta em silêncio, encarando Dora como se alguém ainda falasse com ele.

Seu rosto assente.

— Sim, elas devem abrir a fronteira... Sim, eu tenho a missão. — Ele estica os braços em direção a Dora, que se aproxima.

Agarrada às grades, Alana reconhece o objeto na bandeja. Seu pai mantinha uma teca parecida sobre a cômoda, entre imagens santas, a qual ela era obrigada a polir todas as manhãs. Seu brilho é inconfundível.

Seus olhos se fixam no pote. Algo não condiz com a pregação proferida pelo diretor. Sua tampa está completamente arranhada, e nessas ranhuras se sobressai um desenho. Alana aperta os olhos.

Um pentagrama invertido se mostra.

— "Quem semeia para sua carne, da carne colherá destruição; mas quem semeia para o Espírito, do Espírito colherá a vida eterna"[4] — Gael pronuncia as palavras enquanto abre o pote. Seus olhos pousam em deleite sobre o objeto em suas mãos.

— Devemos orar? — Gael e Dora se entreolham excitados.

---

[4] Epístola do apóstolo Paulo aos Gálatas, 6:8.

Uma histeria se apossa da jovem Raquel, que, entre soluços e batidas nas grades, implora:

— O mal que fiz foi para mim mesma! Por favor, não aguento mais! Me deixe sair! — Suas batidas fortes ecoam por todo o ambiente. Entre lágrimas e gritos, Raquel cai de joelhos. Sua voz agora é fraca. — Eu não poderia assumir...

Ao mesmo tempo, Esther, ainda na mesma posição, murmura:

— Não entendo... eu sempre quis ser mãe! Ela é que não merecia... Ela roubou o que era meu!

Alana e Paula se encaram sem nada dizer.

— Vocês tiveram suas chances. Ofereço-lhes a cura para a ingratidão. — Gael segura a hóstia diante de seus olhos vidrados.

Portando a bandeja, Dora encara Esther.

— Vamos, velha! Levante-se! — ela ordena de forma ríspida.

Sem atender à ordem, Esther permanece sentada num dos cantos da cela, sussurrando palavras incompreensíveis. Num súbito movimento, a enfermeira agarra seus cabelos, e com um puxão, consegue erguê-la contra a grade. O rosto de Esther se retorce. A batida é tão forte que ela chega a cambalear; Dora utiliza a outra mão para não deixar a bandeja cair, mas em vão. O som da batida da bandeja no chão ecoa como um relâmpago no abafado ambiente.

Gael se aproxima segurando o pequeno disco branco, e Esther o encara com pavor. Ele posiciona a hóstia próximo à sua boca, prensada nas barras. Como impossível escapatória, ela sinaliza submissão.

— Confesse para si mesma um arrependimento irreversível. Será julgada pelos anexos da loucura no tribunal de sua consciência doente. — Gael, finalmente, introduz o disco branco em sua boca, que não opõe nenhuma resistência.

Os dois observam os movimentos de sua mandíbula até a garganta indicar o processo de deglutição. Dora libera o corpo, que permanece prensado, como se uma força invisível lhe desse um poder de ímã nas grades. Seus olhos, úmidos de lágrimas, se desfalecem no nada.

Ao pressentir ser a próxima, Raquel, em sua histeria de angústia, volta a se debater com mais força. Os dois, a passos firmes, se aproximam, encarando-a sem expressão. A dúvida sobre suas reações aumenta o pranto, e a posição de súplica insiste por clemência.

— Por favor, não! Não! Eu faço o que vocês quiserem! — Ela olha direto nos olhos de Gael, suas mãos trêmulas tocam um dos botões de sua blusa. — Qualquer coisa, eu juro — ela diz em desespero.

Ele lança um olhar enfurecido em resposta.

— Abra a jaula! — Gael ordena para Dora. — Ela vai me obedecer, eu garanto.

Depois de liberar a porta, Dora se afasta e pega a bandeja do chão. Palavras não são necessárias, e ela já a estende para receber a teca de volta.

Com os olhos cravados em Raquel, ele afasta sua gravata. Os movimentos de seus ombros facilitam a retirada do paletó, que, uma vez cuidadosamente dobrado, ele coloca na bandeja.

— Entregou-se tanto ao vício da luxúria que, em sua lei, tornou lícito aquilo que desse prazer, para cancelar a censura que merecia — ele diz torcendo os punhos de sua camisa até os cotovelos.

Gael, já dentro da cela, começa a rir.

De joelhos, Raquel ainda lança um suplicante olhar para as demais, que se entreolham abatidas.

A violência com que sua cabeça é puxada faz seu pequeno pescoço estalar.

* * *

Gael acaricia os lábios de Raquel com o olhar fixo nos olhos dela. Sua voz grave inicia:

— Seu bafejar atormenta com luxúria... posso sentir o frescor de carne jovem... — Ele cheira os cabelos emaranhados nos dedos. — A vaidade do enfeite é uma verdadeira maldição.

Os olhos de Raquel o fitam como grandes botões negros. Ele continua a alisar os lábios dela, que agora, com a fricção imposta de forma ríspida, se racham. A pele sob seu dedo começa a sangrar. Gael, com uma expressão ofendida, lança com muita força sua palma contra a face frágil de Raquel. Os olhos arregalados de Alana e Paula assistem ao girar do corpo da jovem contra o chão. Um engolir em seco as mantém testemunhas dos gestos do homem, sem nada dizer.

Como se imitasse um golpe barato de luta livre, Gael cai de joelhos sobre as costas de Raquel, e, com os cabelos dela entranhados nos dedos, arrasta-lhe o rosto no áspero piso de pedra. O grito sufocado da jovem faz com que Paula tape os ouvidos, mas ela não consegue evitar o som repugnante da voz do diretor, que recomeça:

— E agora? Onde está o orgulho de ser objeto de desejo? Mostre! Insinue-se outra vez! — Gael, com uma surpreendente destreza na agressão, se levanta com Raquel enganchada numa chave de braço. O estrago no rosto é exibido com orgulho para Alana e Paula, que assistem à cena estarrecidas.

A fúria do homem não tem fim. Ele segura o queixo dela com força enquanto os lábios inchados balbuciam palavras indecifráveis.

Dora assiste com um olhar de desdém, até perceber que Raquel começa a mudar de cor.

— Doutor Gael, acho que já deu seu recado. — Ela aproxima dele a bandeja.

A tosse engasgada de Raquel o traz de volta. Ele libera o corpo dela, que tomba no chão.

Sua eficiente assistente lhe aponta uma hóstia.

Num gesto irritado, ele toma o disco de Dora. Em meio a um emaranhado de cabelos e sangue, tateia em busca da boca retorcida, na qual, enfim, introduz o círculo.

— Brincou de ser Deus retirando vidas de seu ventre! Recusou vidas para mergulhar em sua luxúria! — Ele limpa o suor da testa com o antebraço ao deixar a cela. — Obcecada em seduzir homens, se tornou o pior dos objetos — ele diz fechando a grade.

Como um pássaro abatido, Raquel permanece imóvel no chão.

Dora, com sua competência doentia, retira um lenço branco do bolso e o entrega ao diretor para que prossiga, de mãos limpas, com suas próximas vítimas.

Sua proximidade sombreia a pele sem cor de Paula, que, imóvel, não o encara, mas lança o olhar para longe, como se dominada por um pânico petrificante, apresentando-se como um ser inanimado. A presa fácil parece desanimar Gael, que cruza os braços, guardando sua violência física para depois.

— Agora se finge de morta? Depois de todo o transtorno que causou, acho que merecia estar mesmo, mas meu Deus ainda aguarda o seu arrependimento. Sinto que sua estada na vida será breve, mas o grande sofrimento que terá poderá pagar suas dívidas. Todos os absurdos ditos... Todas as agressões à sua mãe, tudo, tudo será cobrado. Sempre a culpou por todos os seus transtornos, mas a pobre coitada cumpriu seu papel e deu à luz uma demente como você. Todo estorvo assume uma postura como a sua, patética, ausente, se escondendo dentro de si mesmo. Finge que não me escuta, não é? Pois seus demônios irão acordá-la, eu garanto! — Gael a encara com desprezo.

Calmo, ele gira à procura de Dora, que, atrás dele, o aguarda com a bandeja. O penúltimo disco é escolhido sem demora, em seguida leva a outra mão, vazia, como um gancho potente, e agarra o queixo de Paula. Sua força é tamanha que obriga a boca a uma abertura imediata; os olhos da mulher ainda se mostram extintos de sentimentos, enquanto a força dos dedos de Gael enfia a hóstia em sua garganta. O desmaio de Paula é testemunhado por inanimados rostos que se entreolham, ao mesmo tempo que a satisfação de Gael e Dora acompanha o desabar do débil corpo. Quando sua têmpora direita bate com força em uma das barras, a toada do nocaute leva-os ao clímax. O entretenimento do espasmo de sua carcaça não demora muito, ao se darem conta de um olhar enfurecido.

Alana, agarrada à grade, dispara, sem medo:

— Seus covardes imundos! Se alimentam da dor alheia para preencher o quê? Se tivessem alguém para amar ou motivos para serem amados, não estariam aqui. Este espetáculo desumano só acontece porque pessoas doentes como vocês, incapazes de lidar com o mundo externo, apodrecem aqui também.

Gael e Dora se aproximam da cela sem o mesmo vigor. Eles se entreolham desconfiados.

— A mim pertencem a vingança e a retribuição. No devido tempo os pés deles escorregarão; o dia da sua desgraça está chegando e o seu próprio destino se apressa sobre eles — Alana diz bem próximo a eles.

Os dois se mantêm em silêncio.

A última hóstia permanece no fundo da teca. Dora decide tampá-la, e Gael concorda.

— Vocês estão mortos, como nós! — Alana lança um olhar incendiário de ódio.

Como pinturas expressionistas, fisionomias empastadas se manifestam em Gael e Dora. Como se um frescor de tinta a óleo ainda os moldasse diante do momento não digerido, tentam responder, mas por fim se calam.

— Para onde formos — Alana continua —, vocês irão junto, eu garanto. Me dê logo isto! — Seu sacolejar entre as barras demonstra uma imensa impaciência. Diante dos olhos úmidos de ódio da mulher, Gael deposita a hóstia na sua palma.

O mastigar do disco é terrivelmente audível.

Eles decidem partir.

Gael não ousa olhar para trás. Ao ultrapassar a porta, ordena, com um aceno, que Dora apague as luzes ao sair.

Em meio à escuridão que engoliu o cárcere, a voz potente de Alana ressurge:

— Ele gosta de amaldiçoar: venha sobre ele a maldição! Não tem prazer em abençoar: afaste-se dele a bênção!

No mesmo instante, Dora bate a porta com força, não como um ato de repreensão, mas em resposta ao próprio medo.

Algo quase a alcançou.

Capítulo 8

As sombras assombram

Seus olhos desistem de ficar fechados. A ardência provoca um lacrimejar que embaça a visão, e os dedos imundos insistem em apertá-los. Tudo piora. Um enjoo lhe sobe à garganta, enquanto o amargo da boca despeja ali uma saliva ácida. Um bufar barulhento se expele. A cabeça lateja.

Movimentos doloridos se iniciam em seu débil corpo, arrasado, intoxicado e desarranjado sobre o couro grudento. A coluna estala enquanto se ajeita no banco do automóvel em busca de uma posição normal... ou quase normal.

Aos seus pés, o tilintar de garrafas vazias atordoa os sentidos. A cabeça pende de um lado para outro, como que à procura de um irritante despertador inexistente.

Lembranças trituradas insistem em sua mente, enquanto a razão, exausta, adormece. Entregue, Daniel afunda o corpo no banco do carro. Os olhos pesam, mas é hora de entender onde está.

Reconhece o ambiente cinzento do estacionamento subterrâneo.

Sua vaga marcada fica a poucos metros do *hall* de elevadores, e, como a luz sobre o carro está queimada, ele aproveita a visão privilegiada de espectador oculto.

Em trajes alinhados, alguns de seus funcionários passam, concentrados em equilibrar pastas e copos de café, para mais um dia de intenso trabalho no escritório.

Daniel os observa da penumbra e, submerso em desânimo e ressaca, permanece imóvel enquanto tenta entender como veio parar ali. Lapsos sequestram respostas.

O compasso dos saltos altos se aproxima de maneira inconfundível. Ele se afunda ainda mais no banco e a observa com mais atenção. Suas pernas compridas passeiam sem pressa em direção ao elevador. O vestido transpassado preto envolve a cintura fina, que tantas vezes ele agarrou, fazendo-o salivar.

Sara ajeita os cabelos longos diante do espelho do *hall*, e o seu telefone começa a tocar. Movimentos buscam pelo aparelho; Daniel reconhece a bolsa de grife que ela tanto queria e com que a presenteou no Dia dos Namorados.

Seus lábios vermelhos se abrem em um grande sorriso.

Um dos elevadores apita. Sara recua e aguarda as portas se fecharem antes de atender à ligação. Seus olhos brilham diante do espelho.

Daniel engole em seco.

Com o telefone na mão, Sara procura o melhor ângulo. Seu beicinho inconfundível se aperta diante da tela. A risada maliciosa do outro lado da linha parece desafiá-la. Mesmo sem escutá-la, é possível ler em seus lábios as palavras travessas que tantas vezes já ouvira e que agora, oferecidas a outro homem, fazem seu sangue ferver. Daniel move o braço direito em direção à maçaneta do carro; pensamentos violentos o incitam a agir. Sara olha à sua volta, e ele recua. Ele percebe que seus olhos passeiam desconfiados, como se conferindo se há mais alguém. Daniel reconhece bem esse olhar. Ele aguarda, pois sabe que, sem diabrura, ela não finaliza uma ligação.

Ela afasta o decote lentamente, enquanto redireciona o aparelho.

Daniel encara seu seio rosa, iluminado pela tela do celular.

O elevador apita. Sara se recompõe e posiciona o aparelho junto ao ouvido.

Sara some diante do olhar enfurecido de Daniel.

* * *

Impaciente, Daniel remexe as garrafas no chão do carro. Suas mãos tremem de raiva e abstinência. O atrito dos recipientes vazios soa como sinos.

Ele soca a porta do carro com força. Seus olhos vidrados encaram o *hall* vazio. A mente obcecada o comanda a agir, e é nessa hora que os apitos tocam. O espaço é ocupado por várias pessoas que deixam os elevadores, e o falatório estridente o faz recuar.

Daniel decide partir.

Suas manobras são cautelosas até a cancela de saída do estacionamento. O leitor biométrico pisca a luz azul, aguardando seu toque.

Daniel pressiona o polegar, e o leitor pisca em vermelho. Ele tenta mais uma vez. Duas, três vezes. Irritado, pressiona o interfone.

O ruído metálico soa alto.

— Boa tarde! Em que posso ajudar? — diz a voz no alto-falante.

— Acho que o leitor está quebrado — Daniel responde.

— Um momento, por favor — a voz responde entre ruídos.

O retrovisor reflete um veículo logo atrás dele cujo farol já começa a piscar.

— Doutor Daniel, me desculpe a demora, é que precisei localizar um cartão de acesso para um visitante de seu escritório... E no seu consta que acessou ontem à noite e por algum motivo não o devolveu. Já vou liberar sua saída, e desculpe pelo incômodo — a voz informa.

Daniel, irritado, olha para o monitor e já espera ver a foto de um de seus clientes.

Seus olhos arregalam quando encaram o olhar de Alana.

A cancela se levanta automaticamente, liberando sua saída, mas Daniel não consegue se mover. Buzinadas insistentes ecoam no estacionamento.

Seu corpo salta. Ele engata a marcha. Os pneus cantam.

Numa mescla de raiva e tristeza, o olhar da esposa o assombra enquanto tenta manter a direção segura. As mãos ainda tremem, e o suor frio faz suas palmas deslizarem no couro do volante. A perigosa mistura de culpa e derrota reduz a atenção, ele não consegue evitar freadas bruscas. O trânsito intenso atordoa seus sentidos, uma manobra desastrosa para desviar de uma moto quase faz seu carro subir na calçada. Sem parecer se importar com o perigo, Daniel prossegue desalinhado sobre o asfalto.

Imerso na desordem dos pensamentos, tenta entender como é possível Alana estar de volta, ou, mesmo, qual o motivo de estar de volta. A dúvida é como um fluido de loucura, inflamável e corrosivo. Pela última vez, deve enfrentá-la.

Daniel acelera.

* * *

O ruído metálico das roldanas soa mais alto do que de costume. Enquanto o portão desliza, seus olhos percorrem os retrovisores, observando a maçante normalidade da vizinhança. O sol, no seu auge, atrapalha a investigação com seu brilho intenso, refletido em seu rosto pelos pequenos espelhos. Estaciona sem pressa na garagem e, antes de desligar o motor, certifica-se de que o portão ficou bem fechado. Ao estrondo da trava, seus olhos se apertam, e, por alguns minutos, permanece imóvel, os músculos acusando exaustão.

Com todo cuidado sai do carro, e seus passos quase não emitem som até alcançar a entrada da casa. Ao abrir a porta, Daniel topa com as plantas secas, decorando o pequeno *hall* com desânimo. Sua respiração é longa e pausada ao atravessar a sala. Sem conseguir evitar, encara o porta-retrato de moldura dourada e cafona no aparador. A foto colorida destaca a maquiagem exagerada, e os olhos de Alana revelam, como de costume, seu ar de reprovação.

O som abafado que vem do andar de cima chama sua atenção. Ele se aproxima da escada; alguns passos se tornam mais audíveis no corredor entre os quartos. Daniel ergue a cabeça, e seus olhos acompanham os movimentos que chegam ao quarto. Apesar da forte batida da porta, ele não se assusta e, a cada degrau que alcança, sua mente trabalha de forma clara, reunindo forças que ele nunca imaginou ter. Desta vez, ele não permitirá a fuga.

Os dedos empurram a madeira sem esforço. Apesar das cortinas fechadas, pequenos feixes de luz contornam a desordem do quarto. Ele desvia de alguns fragmentos que sobraram da penteadeira e, com passos mais firmes, pisa nos retalhos dos vestidos espalhados. Com os olhos vidrados, observa o vapor que sai por debaixo da porta do banheiro. Ao se aproximar, o som da água não deixa dúvida. Daniel respira fundo e sente a mão suar enquanto gira a maçaneta. Envolto por vapor intenso, percebe sua garganta pulsar quando seu olfato é tomado pelo aroma floral. Seus olhos se apertam; já é possível ver a silhueta através do vidro embaçado do *box*. Ele para e sente o coração explodir, assim como o seu ódio. Os olhos acompanham os movimentos delicados. Um cantarolar bem baixinho, abafado, ecoa sob o chuveiro. Daniel chega ao limite e empurra o vidro com tanta força que este se estilhaça ao atingir a parede. Os estilhaços desabam como uma chuva de granizo, pousando ruidosamente no chão. O estrondo não o altera, mas o espaço seco e vazio o faz gelar. Seu olhar trêmulo corre pelo teto, pelos cantos, pelo chão. Os ladrilhos enxutos e encardidos revelam a falta de uso, e ele os observa confuso.

Daniel recua e apoia com as mãos suadas na bancada, em busca de equilíbrio. Seu corpo parece ter perdido todo o peso, como se estivesse na iminência de flutuar a qualquer instante. O suor frio encharca o tecido de suas roupas, que grudam na pele. O espelho reflete o desbotado homem, que não consegue encarar a própria imagem no vidro polido e metalizado.

Em meio à tormenta, Daniel é dominado pelo terror de estar na própria companhia, como se mergulhasse em seu avesso e pressentisse a âncora da loucura. As lembranças se desordenam conforme a mente é engolida pela penumbra.

As sombras o assombram.

* * *

As janelas anunciam o fim do dia. A luz pálida se despede sem pressa diante de seu olhar vazio, enquanto o líquido gelado percorre a garganta, anestesiando o corpo. Ao último resquício de claridade, Daniel aproveita para despejar no copo o pouco que resta da garrafa de vodca. Quando a escuridão engole o brilho do cristal, ele mergulha na solidão do despropósito, e nesse momento o inoportuno relógio de Alana, com o som irritante de sempre, invade a sala de jantar. Devastado pelo álcool e o cansaço, Daniel permanece em seu lugar não habitual da mesa. Insistentes, as badaladas parecem caçoar de seu papel como ordinário coadjuvante do tempo.

Os ponteiros avançam, e, a cada minuto que passa, seu tique-taque parece soar mais alto. Daniel esvazia o copo num grande gole, e, em seguida, lança-o com toda a força contra o relógio, que se cala.

Com os cotovelos apoiados sobre a madeira, seguidas vezes esfrega as mãos no rosto. De repente, um ruído em um dos cantos da sala chama sua atenção. Ele gira a cabeça rápido e observa o canto escuro. Poucos segundos se passam e nada mais escuta. Mesmo assim, Daniel continua atento.

A respiração profunda e pesada se torna mais intensa. Daniel sente o corpo paralisar-se diante do vulto que surge. Parado próximo à janela, tem aspecto masculino, e o som que emite agora se torna mais parecido com um rosnar, até que para. Sua voz grave quebra o silêncio.

"Maldito o teu cesto e a tua amassadeira."[5]

Daniel tenta falar, mas sua garganta trava.

"Maldito serás ao entrares, e maldito serás ao saíres. O Senhor mandará sobre ti a maldição; a confusão e a derrota em tudo em que

---

[5] Deuteronômio, 28:17.

puseres a mão para fazer; até que sejas destruído, e até que repentinamente pereças, por causa da maldade das tuas obras."[6]

O ar falha nos pulmões de Daniel.

"E os teus céus, que estão sobre a cabeça, serão de bronze; e a terra que está debaixo de ti será de ferro. O Senhor dará por chuva sobre a tua terra, pó e poeira; dos céus descerá sobre ti, até que pereças."[7]

"E o teu cadáver servirá de comida a todas as aves dos céus, e aos animais da terra; e ninguém os espantará."[8]

"O Senhor te ferirá com loucura, com cegueira, e com pasmo de coração; e apalparás ao meio-dia, como o cego apalpa na escuridão, e não prosperarás nos teus caminhos; porém somente serás oprimido e roubado todos os dias, e não haverá quem te salve."[9]

Espasmos dominam Daniel.

"Desposar-te-ás com uma mulher, porém outro homem dormirá com ela; edificarás uma casa, porém não morarás nela; plantarás uma vinha, porém não aproveitarás o seu fruto. O teu boi será morto aos teus olhos, porém dele não comerás; o teu jumento será roubado diante de ti, e não voltará a ti; as tuas ovelhas serão dadas aos teus inimigos, e não haverá quem te salve. E enlouquecerás com o que vires com os teus olhos."[10]

"E A TUA VIDA, COMO EM SUSPENSO, ESTARÁ DIANTE DE TI; E ESTREMECERÁS DE NOITE E DE DIA, E NÃO CRERÁS NA TUA PRÓPRIA VIDA!"[11]

Daniel sente como se afogasse em seco.

Sua cabeça bate na mesa e então acorda. Ofegante, observa a sala de jantar. Diante dele, o copo vazio. E o único som que escuta vem do maldito relógio de Alana.

---

[6] Deuteronômio, 28:19 e 20.

[7] Deuteronômio, 28: 23 e 24.

[8] Deuteronômio, 28:26.

[9] Deureronômio, 28: 28 e 29.

[10] Deuteronômio, 28:30,31 e 34.

[11] Deuteronômio, 28:66.

* * *

O acionar do motor acende a luz do painel, que ilumina sua face inexpressiva. O trajeto está formado em sua mente. Um leve toque num dos botões, e o retrovisor é ajeitado. Seu reflexo pede que arrume os cabelos, o que faz sem pressa. Um pulsar de dois pontos no relógio digital brilha e informa que são duas da manhã. Ele liga os faróis, iluminando o silêncio do breu na madrugada.

As ruas sem testemunhas acolhem uma mente decidida e fria. Seu dirigir experiente prossegue sem chamar a atenção. Enquanto passa por comércios fechados, seu estômago reclama de fome, mas na volta resolverá essa questão. Por algumas horas, deve aguentar. O corpo ainda guarda energias, pois os músculos, agora, respondem com força. "Seria capaz de devorar algo do meu tamanho", ele pensa, e sorri.

Um cuidadoso Daniel respeita os sinais fechados, assim como aciona as setas nos momentos certos de conversão. Relembra do mecanismo, como andar de bicicleta. Tudo será fácil, não tem dúvida. A distância que falta permite saciar a sede. Assim, mãos hábeis se dividem entre controlar a direção e buscar a garrafa de uísque no porta-luvas. O gole faz mágica, como se um maestro regesse as batidas cardíacas com o sangue que corre veloz nas veias. Um som encantador. Uma poderosa energia o alimenta como um todo, mas não sua alma, que continua sedenta. A impaciência o faz acelerar, mas o instinto primitivo o alerta de que todo cuidado é pouco. Seus movimentos respondem, e o veículo desliza em meio ao *fog* da madrugada.

A risada de Alana assombra sua mente como se ridículo estivesse, e um rufar de ódio altera a orquestra. Mais um gole é necessário. E outros mais.

Ao alcançar seu destino, o corpo inflamado transpira pelo alvoroço provocado; os sentidos parecem mergulhar no nevoeiro espesso das altas horas, camuflando sua raiva.

O *neon* ilumina sua face, que se renova diante da fachada reconhecida. Suas pupilas se dilatam.

Um leve toque fecha a porta do carro num espantoso silêncio. Distingue o abafado som gravado de um piano, como se respeitando o limite do incômodo perante os vizinhos. O instinto o avisa para que tome seu lugar, o que desde criança aprendeu a fazer com maestria — ver tudo sem ser visto —, e sorri. Num canto escuro, próximo à vitrine, uma força brutal explode em seu peito — é como despertar uma besta após anos adormecida.

Uma dança solitária exibe-se diante de seus olhos ferinos, que se esbaldam sobre a caça indefesa, e a transparência da profunda tristeza excita o instinto. Os músculos se preparam para o abate. À espreita, ele observa.

Mas, sem sofrimento, valeria a pena?

Uma voz surpreende dentro dele, e o sangue mais frio pausa seu corpo.

Valentina dança sob uma luz baixa. O salão repleto de saudade envolve os pensamentos como nuvens cinza de tristeza.

A delicadeza dos passos, que rodopiam com perfeição, enfeitiça Daniel. Nuances de Alana atiçam seu salivar. Ele caminha com cautela, olha para as diversas guimbas amassadas na calçada. O cheiro de tabaco ainda está presente no ar.

O instinto de um bom caçador não falha. Sim, a porta está aberta.

Valentina interrompe seus passos e, mesmo de costas, pressente quem é.

Os olhos não delineados mostram uma carga imensa de cansaço, a idade explícita nos contornos frisados. No rosto pálido a cor dos lábios parece ter sido expulsa, pois sua face está uniformemente descorada. De alguma forma, o corpo perde a vontade de obedecer. Como uma estátua envelhecida no tempo, permanece estática.

Ela, mais uma vez, o encara através do espelho. Seu coração dispara, temerosa do que pode ver.

A música ainda toca. Os dois permanecem imóveis.

— Acho que também não está tendo uma boa noite, não é mesmo? — Ela tenta uma conversa e, sem resposta, gira o corpo para ficar de frente para Daniel, que a olha sem piscar. Seus olhos estão vermelhos, e os cabelos, cuidadosamente penteados para trás. Com os braços cruzados, ele a encara sem nada dizer.

As surradas sapatilhas de bico deslizam em direção ao aparelho de som portátil, mas Daniel é mais rápido e se antecipa, impedindo-a somente com um gesto. O piano continua tocando. Os olhares se entendem, ela se afasta.

Valentina o observa. Inevitável gota de suor desliza por sua têmpora e faz uma veia pulsante brilhar. Um sentimento de pessimismo quase fecha seus olhos lacrimejantes. As forças a abandonam, os ombros caem em sinal de derrota.

Ele sorri e se aproxima.

O movimento é rápido e preciso. Ele agarra sua nuca e puxa-lhe a cabeça para perto de si. As pupilas dilatadas a encaram, enquanto uma das mãos alisa seus cabelos. A respiração profunda aquece o seu rosto. Valentina o encara com pavor; é possível sentir algo ferroso e etílico exalar. O desagradável aroma a deixa nauseada. Daniel permanece inalterado, ou, pior, ausente.

Ambas as mãos agarram seu pescoço com força. Valentina tenta alcançá-las, em vão. Seu rosto fica rubro e as veias pulsam como vermes caminhando pela testa. Ele a suspende, as sapatilhas dançam no ar. Valentina revira os olhos. Seu corpo é lançado para o meio do salão.

O fim da música os surpreende com a realidade do silêncio da madrugada. Valentina sente que volta a respirar, mas o ar chega a doer para entrar nos pulmões exaustos de tabaco e fracasso. As costelas denunciam fraturas; seu ofegar crescente a faz gemer.

Daniel observa o corpo contorcido de Valentina no chão e sorri.

— As madrugadas são as mais difíceis, não são? — ele diz. — Durante o dia devemos viver na normalidade... Trabalho, vida social, família. Nos escondemos sob a luz. Mas a verdade sempre vem à noite. É nessa hora que ruminamos pensamentos, desejamos o impróprio... consumimos o impróprio! A noite permite todos os excessos. Nela, perdemos a linha, e no dia seguinte, debaixo do sol, pedimos perdão. À noite somos mais vaidosos, não somos? A inveja arde de dia, mas é à noite que ela queima, não é mesmo? Dói, diante do espelho, ver seu corpo destruído pela velhice, não dói? Ah! Alana, Alana! Jovem, bonita, talentosa e com uma família perfeita! Seus fios loiros impecáveis. Sua pele de pêssego. A beleza de uma flor.

Valentina se arrasta com dificuldade para perto do espelho. Os braços tentam alcançar a barra de apoio, mas não conseguem. Seu choro é baixo.

— Pare, por favor! Pare! — ela diz entre soluços.

— Você mentiu! — Daniel grita, apontando para Valentina.

— Vocês eram íntimas, confidentes. Você se aproveitou de suas desconfianças. Me investigou, me seguiu. Ah, a inveja! Como deve ter sido bom vê-la chorar! Contou sobre minha vida particular! — Ele passa as mãos no rosto e inspira pesadamente.

— Todos nós temos nossos próprios demônios, mas os ignoramos; e ao serem ignorados, eles adormecem, e enquanto eles dormem... eles crescem. E, à noite, eles se alimentam. — Daniel se aproxima.

Suas palavras parecem lanças embebidas em angústia e morte, atingindo Valentina em cheio. Uma imensa dor domina seus poucos músculos e a obriga a apoiar as mãos nos joelhos, que se curvam, estalando como gravetos. A coluna arqueada produz um ranger de ossos nunca antes escutado; o peito parece prestes a explodir. Com uma expressão de pavor se levanta, e só então consegue encará-lo através do espelho. Seus lábios roxos tentam pronunciar algo, mas o ataque de Daniel a cala para sempre.

O salão, repleto de tristeza, reverbera o timbre do quebrar de ossos de sua última dança. Seus olhos, delineados de morte, se apagam diante do *neon*.

Capítulo 9

Outras criaturas saem das sombras

O frio intenso enrijece seu corpo. A pele desiste de cobri-lo. Um dissolver de sua matéria se inicia, e em uma névoa de paz se transforma. Carícias de vento a levam para longe. Não é possível ver nada, mas a visão é desnecessária enquanto flutua. A brisa após a tormenta tem cheiro de flor.

Suspensa no silêncio, aguarda, sem pressa, o destino de sua viagem.

Pontos prateados invadem a escuridão, cada vez mais intensos e maiores, até se transformarem em halos encantadores. Um hipnótico encadeamento pulsante exibe elos perfeitos, e auréolas de fogo explodem num espetáculo mágico, lançando brasas em sua direção. O calor preenche o vazio à medida que uma nova forma começa a encorpar.

Seu ventre se aquece de forma extasiante, como um horizonte recebendo o pôr do sol, e a calmaria se anuncia em uma felicidade cordial. Os olhos se fecham, o silêncio é total.

O cheiro é inconfundível. Desde o primeiro momento em que o segurou nos braços, seu extasiante aroma de vida é único. O hálito fresco de seu recém-nascido é sentido. Alana abre os olhos.

O pequeno carrossel gira, cavalinhos brancos sobem e descem ritmadamente. Música encantadora. Alana observa o quarto do filho com os olhos umedecidos. No papel de parede de fundo azul, desenhos de nuvens se destacam; e nelas pousam pequenos anjos adormecidos. Da luminária no teto pendem estrelas com uma luz aconchegante. Na cômoda branca, ao lado do carrossel, o porta-retrato de moldura dourada exibe orgulhoso a foto tirada na maternidade. Com o sorriso largo, carrega no colo seu pequeno e lindo bebê. A cabecinha, envolta por babados azuis, pende para o lado em um sono tranquilo.

Alana chora e cai de joelhos no macio tapete branco.

Um choro distante tem início. Assustada, olha ao redor para identificar de onde vem. As estrelas piscam por uns instantes, e em seguida cessam de piscar. A música termina. Ela percebe que o choro irritado vem do berço. Levanta-se e caminha com cautela em sua direção. As estrelas se apagam e Alana tateia no escuro. As mãos alcançam a cômoda, ela segue devagar. Quando consegue segurar em uma de suas barras, o choro para. Ela se curva sobre o berço no escuro. As estrelas voltam a piscar e finalmente se acendem. Alana cobre a boca com as mãos, e seu olhar aterrorizado encara o pequeno corpo decomposto, coberto por larvas.

Ela corre em direção à porta, agarra a maçaneta com toda força e gira. Gira várias vezes até perceber que o quarto foi trancado por fora. Em desespero, fecha os punhos e dá fortes socos na madeira. O carrossel recomeça. As estrelas piscam intensamente até que um curto-circuito se inicia. Seu material plástico derrete e gotas de fogo caem no tapete. As chamas atingem a saia de tecido do berço, que é engolido pelo fogo. Ouve-se novamente o choro ensurdecedor.

O quarto está tomado pelas chamas.

Imensas bolhas cobrem seu corpo e a pele começa a se descolar.

Alana acorda em sobressalto na escuridão da cela.

O desespero causado pelas batidas nas grades faz sua consciência lembrá-la do maldito lugar em que se encontra. Ela se agarra às grades, procurando a todo custo entender de quem são os gritos — a forma com que todas expulsam a loucura —, e pressente que estão mergulhadas no desespero de suas viagens. Sua infeliz lucidez testemunha a angústia da alma ferida. A intenção do homem torpe, molesto, se manifesta em todas elas, e assim a maldição se invoca.

Batidas mais intensas em uma das celas. Alana aperta os olhos para tentar enxergar alguma coisa, mas a escuridão é total. Ela se movimenta de um lado para outro, como um animal no zoológico. Choros têm início, e as batidas continuam.

— Você não vai me matar... Você não vai me matar!

Alana reconhece a voz entre as batidas.

— Raquel, consegue me ouvir? Por favor, me responda!

Mesmo com toda a violência rebatida, insiste:

— Por favor, me escute! Não é real!

Um choro insistente a interrompe, mas sua voz persiste enquanto os joelhos a amparam num exausto desabar.

— Raquel! Não, não faça o que ele quer. A hóstia, a hóstia que ele nos deu... Tinha algo naquelas hóstias. Está me ouvindo? — Alana insiste. — Alguém... Alguém me ouve?

Os choros continuam.

— Não, não, não — Raquel geme.

Alana tenta entender os sons. A grade parece se retorcer ou estar sendo arranhada. Os choros param.

Respirações ofegantes vêm de todos os lados, mas Alana entende que uma delas não é comum.

* * *

Um estalar seco e cruciante dos ossos de Raquel silencia o terror de seus últimos momentos. A escuridão esconde o pior, mas, em sua audição, Alana sabe que a morte também se mostra e, com as mãos escorregadias de desespero, desliza entre as barras em sua presença. Ela desaba aos poucos e se senta no chão frio.

Uma estranha brisa percorre o cárcere, a temperatura cai drasticamente.

O silêncio é total.

Esgotada, Alana deita-se em posição fetal, abraça-se fortemente e fecha os olhos.

* * *

O desamparo e a sensação de fracasso emudecem sua voz. Isso a faz relembrar de quando brigou com Deus ao cair de joelhos diante do filho morto. O nó na garganta impediu que palavras saíssem, mas em pensamento declarou a raiva por seu abandono. Agora, nesse maldito lugar, seu desejo de morrer volta a assombrar.

A relação tempestuosa com os pais e abusiva no casamento, e o momento pior de sua maternidade interrompida — única área em que se sentia preenchida — agiram como flechas incessantes, entranhando seu corpo como em um abate ancestral. Pelo consumo desumano em sua vida, solicita pelo fim. Ela fecha os olhos e imagina um reencontro com Lucas. Suas palavras seriam de carinho e compreensão durante o longo abraço, e agora, mais do que nunca, o perdoa.

Alana implora pela morte.

"Porque vivemos por fé, e não pelo que vemos".[12]

Seus olhos se abrem com dificuldade. Ainda deitada, percebe que as pedras recebem uma iluminação fraca, azulada, como se uma lua minguante pairasse sobre elas. Alana ergue o corpo, os braços franzinos a ajudam a se sentar. O rosto gira de um lado para outro, e já é possível enxergar as celas à sua volta. A luz fraca deixa os cantos do cárcere sombrosos e neles percebe movimentos.

— Q-quem... quem está aí? — gagueja a voz fraca de Alana.

As mulheres dormem no chão. Alana decide não acordá-las.

Observa cada canto. Nada acontece.

Convencida dos danos do cárcere em sua mente, Alana deixa de lado a investigação. Apoia a cabeça na grade, o olhar desanimado pousado no chão.

---

[12] Segunda Epístola de Paulo aos Coríntios, 5:7.

Um estalo é ouvido. Alana recua e olha para uma das sombras. A penumbra denuncia uma forma que se move lentamente. Sob a luz azulada, o corpo curvado se aproxima e, dele, grandes asas se abrem.

Agarrando-se a uma das grades, tenta se levantar. Seu corpo fraco dificulta o esforço, e ela o encara de joelhos.

Os olhos brancos da criatura tomam o ambiente.

Não tenha medo. Escutamos os que sofrem e aqui oferecemos nossa ajuda.

Outras criaturas saem das sombras. A pouca luz revela contornos animalescos, assim como os músculos cobertos por uma pele rochosa. Grandes asas permanecem recolhidas em seus dorsos, e as cabeças pontiagudas têm aspecto leonino. Das têmporas pendem chifres como ferraduras invertidas, sombreando maxilares travados. As patas, com garras afiadas, alinham passos cautelosos em sua direção.

Eles se aproximam da cela, os olhos brancos a observam com curiosidade.

A criatura maior permanece curvada, com suas asas abertas escurecendo o rosto de Alana. Sua cabeça se aproxima da grade.

Nos amaldiçoaram, e Ele nos resgatou do domínio das trevas.[13] *Os anjos ouviram nosso sofrimento e a eles somos gratos. Ajudamos àqueles que padecem. Alimentamos as almas que sofrem para que sigam no longo caminho contra o mal.*

Como num reviver das histórias do pai, Alana olha para as gárgulas, e um sorriso se estampa em seu rosto descorado. Ao sentir a barreira da sanidade rompida, entende que o fim está próximo. Seu coração fraco agradece a calmaria da partida.

Apesar do esgotamento, seus olhos permanecem atentos à criatura, que por meio de pensamentos transmite palavras de alento.

Não desista, seu coração é puro e merece salvação.

---

[13] Colossenses, 1:13.

O teto do cárcere desaparece, revelando relâmpagos que disparam entre nuvens carregadas. Os raios atravessam de um lado a outro. As nuvens respondem, entre grandes estrondos, inquietas ante um inevitável temporal. As sombras se agitam, e grandes asas se debatem no céu sem fim. Alana sente a água fria se misturar às suas lágrimas, e os olhos turvos assistem ao planar das gárgulas entre o clarão dos raios.

Sobrevivemos sob o céu trêmulo, amparando ruínas do mal. Somos criaturas da noite e velamos o sofrimento na escuridão. Nos alimentamos dos céus tempestuosos, e as águas que desaguam levam nossa dor. Nos amaldiçoaram para nunca ver o dia; cegos de ódio, caímos em trevas. Os anjos nos resgataram, e sua bondade nos elevou com o sopro imortal de vida para que nos redimisse.

A tempestade toma o cárcere. Ventos fortes insistem por entre as grades, o barulho é assustador. As mulheres permanecem deitadas, mergulhadas no sono com sonhos. Alana resiste até onde pode, até que suas mãos escorregam. As roupas encharcadas pesam sobre os corpos fracos, e as peles opacas são engolidas por um rio turvo que dissolve suas formas. *Nossa gratidão é eterna. Oferecemos nossas lágrimas para os que têm sede, nutrimos suas carnes e expulsamos suas feridas.*

A tormenta cessa. Escuridão total.

"Ora, a fé é a certeza daquilo que esperamos e a prova das coisas que não se veem."[14]

* * *

Um rugido metálico e incessante inquieta o ambiente.

O piscar das luzes fluorescentes insiste na claridade fria, escancarando mais uma vez o isolamento das celas.

Alana ergue o corpo devagar, assim como as outras. Seus olhos demoram a assimilar o que veem. Os corpos estão mais fortes,

---

[14] Hebreus, 11:1.

e as roupas, limpas. Movimentos ágeis alinham suas posturas. Sentadas, as mulheres olham entre si.

A porta de ferro se abre, de onde ressoa a inconfundível voz de Gael:

— Espero que tenham aproveitado a escuridão para refletir. É nela que nos enxergamos. Como eu previa, nenhum familiar pediu por visitas ou mesmo por notícias suas, minhas caras. Declaro o fim de suas existências. O mal que fizeram cavou porões profundos, e estou aqui na minha melhor missão: guardá-las para sempre.

Gael entra e se posiciona entre as celas. Para surpresa de Alana, ele exibe um semblante cansado. No momento em que seus olhos se acostumam com a luz intensa, pode notar o quão abatido o homem está. Seu terno, distante da elegância habitual, cobre-o com descuido; e a desvaidade o caracteriza por completo. Nenhum sentimento a invade, somente o poder de observação, como o de um animal enjaulado assistindo ao abate de seu carcereiro. De alguma forma, acha que os planos dele foram desfeitos, pois o desânimo do castigo está nítido em Gael, pelo menos por hoje.

— Senhor, posso entrar? Como posso ajudar? — alguém na porta se manifesta.

A voz não lhe é estranha. A imagem poupa esforços, e o velho jardineiro invade o cenário. O rosto envelhecido, submisso ao que o tempo lhe oferece, cabisbaixo, aguarda instruções.

— Heitor, limpe este lugar. Tente fazer parecer mais saudável, faça do jeito que quiser, mas faça... pelo amor de, de... o quê? — Gael distribui seu olhar incrédulo sobre o cárcere. — O que... o que aconteceu aqui? — ele pergunta para todas.

Seu corpo gira entre uma cela e outra.

— Vocês, bruxas! Meu Deus tinha razão! Não poderia vigiar tudo... não poderia cuidar de tudo. Falhei. Como podem? — Suas mãos agarram uma das grades. Seus olhos observam-nas, não com ódio, mas com medo.

Alana gira o pescoço, seu olhar recai sobre a cela vazia ao lado.

— Onde... Onde está Raquel? — Gael pergunta, batendo com força nas grades. — O que fizeram? — seus olhos se arregalam e um nítido pavor se estampa no rosto.

O piso está limpo. As grades permanecem cerradas, com o cadeado intacto. Não há vestígio de vida diante de olhares incrédulos. Aliás, de todos os olhares. Para a indignação de Gael, as demais internas permanecem sentadas, de forma tranquila e à espera, como se o tempo não houvesse passado e nem o tivessem sentido, apenas surpresas com o sumiço de Raquel.

Num impulso, o diretor agarra as grades do espaço vazio como se a promover um estrangular fatal — de quem? De sua prisioneira desaparecida? —, e tal força arranha-lhe a palma das mãos, até que um corte engordura o ferro, tingindo-o de ocre.

O silêncio severo de todas acentua o som do ar descarregado pelos pulmões de Gael. A fronteira da sanidade parece abandoná-lo, e por vários minutos ele encara, entorpecido, a ausência da jovem Raquel.

— O círculo foi quebrado... — Heitor diz, quase num sussurro, logo atrás de Gael. Pousando a mão esquerda em seu ombro, completa:

— Neste lugar não há castigos nem prêmios, só consequências. Você sabe disso.

— Isso nunca aconteceu... não tenho mais tempo... — Gael balbucia, depois de uma longa demora.

— Senhor, sempre escolhi as melhores flores, o jardim é imenso. Se quiser, posso buscar mais... — Heitor diz bem próximo a Gael.

A raiva, como um óleo corrosivo, invade seu semblante, e a dúvida o assume por completo, mas Gael prossegue:

— Não temos mais tempo, meu caro. Hoje à noite seria a entrega... Eu vou perdê-la para sempre, este é o meu fim.

Gael se afasta e caminha sem ânimo até a porta. Heitor o acompanha sem nada dizer.

Antes de sair, Gael olha para cada uma das mulheres, até que acena negativamente para Heitor.

— Já não me servem mais. Tranque este maldito lugar.

As mulheres permanecem em silêncio. Quando o diretor lança-lhes uma última olhadela, seus olhos desviam-se para o chão.

Heitor olha para trás, encara Alana e sorri.

O travar da porta ecoa forte.

Como se uma nuvem de mau presságio pairasse sobre o cárcere, as mulheres abaixam a cabeça e fecham os olhos, menos Alana.

CAPÍTULO 10

Um discípulo da loucura

O extasiante momento da morte imposta ainda pulsa em seus músculos. A certeza de ter anulado parte de Alana o inebria, e o conforto dessa evidência afaga sua consciência; assim, Daniel respira fundo em resposta à missão cumprida. O poder experimentado no aniquilamento da vítima aliciou seu coração envenenado, e o desejo de destruição recomeça. A ausência de remorso é mágica.

Seu olhar triunfante percorre o salão até notar que os grandes espelhos não o refletem. Seu corpo gira uma, duas vezes, e não se encontra refletido em nenhum deles. Ao encarar os espelhos vazios, uma angústia amarga sua boca.

O silêncio expõe a respiração ofegante, um sopro frio atinge sua face. Daniel gira, gira e mais uma vez gira, até tropeçar no corpo sem vida de Valentina. E cai. Seu rosto fica próximo a um dos espelhos, que mesmo assim não o reflete; imediatamente, se obriga a levantar, mas o frio intenso congela os músculos, e ele permanece caído ao lado do cadáver.

As mãos formigam e os batimentos cardíacos são fracos. Desfalecer será uma questão de minutos, pressente.

Passos são ouvidos, vindos de alguma parte do salão, e Daniel entende que estão atrás dele. Banhado de suor, engole em seco. O grande espelho responde refletindo alguém que acabou de surgir. Tem o seu aspecto, a sua fisionomia e veste a sua roupa. De pé, atrás de Valentina, ele o encara. Cabelos caprichosamente penteados para trás e os olhos de um verde translúcido; a estatura é maior que a sua e a pele tem um tom macilento. Daniel encara sua outra imagem, e mesmo no chão, próximo a ele, não se vê refletido no espelho.

— Não, não é a sua hora. — A voz é mais grave. — Ainda não é hora de sua ausência, você tem sido muito útil para mim. Os excessos enfraqueceram seu corpo, assim como sua alma. Uma oportunidade ímpar. Eu guio os sinuosos.

Ele se agacha e acaricia os cabelos de Valentina. Seus olhos ficam totalmente enegrecidos.

— Veja que a razão, seguindo o caminho indicado pelos sentimentos, tem asas curtas.

O *neon* da fachada insiste em brilhar, enquanto a luz do dia começa a se exibir, e é nessa penumbra que Daniel encara uma forma distante de ser humano.

Daniel desmaia.

* * *

Um sobressalto agita seu corpo.

Daniel bate a cabeça no vidro embaçado. A mente trabalha depressa até entender onde está; suas mãos alcançam o volante do seu carro. O alvorecer mostra a fachada da escola de dança e o *neon* ainda trabalhando em sua sinalização. Só agora ele percebe seu desenho: sapatilhas de ponta brilham num vermelho-amaranto.

Ele aperta os olhos e esfrega o rosto. Um desespero pulsa no peito. Sua mente invoca fragmentos de imagens e sons que não fazem sentido, e a desordem domina seu corpo, fazendo-o se encolher.

A normalidade do dia ressurge aos poucos na rua. Alguns passantes já assomam.

Daniel encara a porta fechada da escola e, por um instante, pensa em sair do carro para investigar o que aconteceu de fato.

Mas seu corpo trava.

Uma respiração pausada trabalha em busca de controle, e assim o faz por um tempo. Inspira e expira.

Os olhos desviam; então, a reconhece vindo na calçada. O casaco de moletom cobre em parte o vestido para dança; a passos apressados, os tênis pesados, destoando da meia-calça rosa, avançam. Ela ajeita a grande bolsa em um ombro e as duas mãos remexem em seu interior à procura de algo. Assume uma postura desajeitada, até que retira um molho de chaves.

Daniel observa a professora de dança com curiosidade. Ela se aproxima da porta de vidro para introduzir a chave, mas esta se abre antes. Ele a assiste entrar, enquanto lança um olhar de dúvida através da fachada e decide partir em seguida.

* * *

O cérebro exige mais uma dose, mas o corpo o avisa que seria uma péssima decisão. O estômago queima e uma dor torce o abdome.

A atendente entrega a bandeja sem nem mesmo olhar para Daniel, que, diante do balcão, observa os típicos clientes matutinos de uma lanchonete *fast-food* 24 horas. Alguns sobreviventes noturnos de farras sem pudor incomodam os trabalhadores apressados que, sem o dinheiro que os estúpidos cambaleantes têm para torrar, saem com seus pequenos sacos engordurados.

Daniel senta-se a uma mesa bem ao fundo da loja, de onde é possível assistir ao patético ambiente enquanto entorna mais um pouco de uísque em seu café no copo de plástico. Figuras diversas o distraem. Ele devora uma mistura de pão, molho e carne malpassada em uma grande mordida. Sua mandíbula a destroça de forma rápida, e já parte para a segunda bocada quando, em uma mesa, algo chama sua atenção. O barulho que os dois imbecis fazem é o que menos importa, mas o olhar embrumado em álcool da jovem entre eles se destaca.

Ela apoia os cotovelos na mesa e as mãos seguram o queixo enquanto boceja. A maquiagem exagerada resiste no rosto adolescente exausto, que não se incomoda com um dos rapazes brincando com o seu rabo de cavalo desalinhado.

Observando-os, entre um gole e outro, Daniel revive lembranças de sua juventude, principalmente das festas que dava na casa dos pais. Com grana e nome importante, não era difícil entupir a casa de "amigos", recorda-se. Grupinhos como aquele se aninhavam pelos cantos da grande moradia, e meninas como aquela havia aos montes.

Ao entornar um gole maior, a figura do pai estapeia sua mente.

A princípio, achava que sua presença — e sentia orgulho disso — era por segurança e zelo pelos jovens, até que começou a suspeitar da intensa espreita do pai. Quanto menos se anestesiava, mais se convencia de que ele se concentrava na manada de jovens desvairados e, principalmente, nas jovens como aquela, que, em sua quase inconsciência, eram extremamente sedutoras.

Ainda se lembra de suas pernas bambas, tomadas de um nervosismo estúpido, por seguir o velho a fim de provar a si mesmo o quanto seu lar era disfuncional. Ainda sente o gosto amargo do desgosto por assistir às diversas cópulas com presas festivas do lobo-pai no escritório da casa, enquanto sua mãe, como sempre, estava mais concentrada em não derramar seu *Cosmopolitan* — a ela, nada mais importava. Aliás, missão diária que se iniciava no almoço e acabava de madrugada: geralmente, drinque e cara espatifados no chão do banheiro, que ela acabaria por limpar, enquanto o marido brincava de caçador no andar de baixo.

Ao notar os movimentos da jovem se tornarem mais pesados, um tipo de alerta soa aos sentidos de Daniel. Seus olhos investigam todas as saídas e acessos da loja, e ele calcula quantos passos desastrados são necessários para que ela alcance o banheiro. Sem qualquer pressa, Daniel saboreia o último gole de seu café especial e se concentra em deixar o local. Mas não de mãos vazias.

Enquanto atravessa o salão, só consegue imaginar como seu pai se sentia, e esse gosto ele precisa experimentar. Afinal, é sangue do sangue dele. Um estímulo diabólico o domina. O rastro do perfume adolescente rebola em seu olfato e obriga-o a entrar em ação; os olhos cravam na nuca vulnerável e escorrem pelo corpo perfeito. Cada pedaço é imaginado e desejado.

O andar trôpego é seguido mais de perto, e Daniel percebe que um corredor mal iluminado os aguarda sem testemunhas. O ataque deverá ser rápido. Já a imagina em seus braços, de forma débil, como um troféu, e assim será.

Como um discípulo da loucura, investe toda a sua força contra o corpo da menina, que é lançado para dentro do banheiro. Passos trocados fazem-na girar e ela cai de costas sobre a lata de lixo. A pancada a faz tombar. Daniel tranca a porta. Seu rosto gira e suas pupilas dilatadas a encaram, caída no chão. A luz fluorescente ressalta as sardas que pousam na pele pálida; e os olhos, atordoados, procuram respostas entre piscares rápidos. Os lábios se contorcem, anunciando o choro, dando-lhe um aspecto infantil enquanto balbucia algo. Ele se aproxima e, com um pé, afasta o emaranhado de papéis caídos em volta dela. Álcool e desejo fazem seu sangue ferver, o membro já pulsa enquanto se agacha. Com um dos joelhos prende um lado do vestido, com o outro, força a abertura das pernas. A mão direita sufoca o grito, e seu corpo a domina. Por um instante sente a necessidade de saber o nome dela, e a mão afasta-se um pouco dos lábios da moça. Os olhos pávidos o encaram, e então ele decide que não quer mais saber, porque tem certeza de que sabe.

"*Sim, é Alana, eu já sabia*", sua mente suspira.

Daniel sente o sangue esfriar e o ritmo desacelerar. Ele ainda força seu peso sobre ela, mas o interesse desapareceu.

Ele encara a beleza dela, desfeita pelo pavor e pelo nojo; o ódio o toma por completo. Suas mãos agarram o pequeno pescoço e apertam como ganchos, lacrando-lhe a garganta. A maquiagem borrada escorre pelo canto dos olhos esbugalhados, que reviram lentamente até ficarem brancos. A inconsciência amolece o corpo, e a cabeça pende para trás.

Daniel contém seu salivar enquanto libera os músculos do ataque. Como uma boneca de pano, ela se solta de suas mãos. Ele aproveita as mãos livres para soltar o tecido do vestido, preso em seu cinto. Afasta-se ajeitando suas próprias roupas e se levanta.

O banheiro está abafado. Daniel abre a torneira enferrujada e esfrega as mãos trêmulas sob a pouca água que sai. Sente a palma das mãos gelada enquanto lava o rosto, respira fundo e entranha os dedos úmidos nos cabelos suados. Um breve alívio recupera seu fôlego; ergue a cabeça diante do espelho manchado, que reflete as paredes rabiscadas, o vaso sanitário sem tampa e um toalheiro quebrado.

Menos a sua imagem.

Seus olhos vagueiam desanimados pelo vidro metalizado, até que pousam sobre a cerâmica rachada da pia. A mente mergulha em seu lado sombrio, e mais uma vez o desgosto de ser o que é alimenta a raiva. Ele cerra os punhos e os lança, com toda a força, contra o espelho. Uma sequência de socos estilhaça sua ausência de reflexo, até o espelho se espatifar em várias partes. Mesmo com os dedos cortados, ele não desiste dos golpes, e sua carne cospe o líquido quente sobre os cacos na bancada.

Uma pontada aguda açoita seu corpo, e seus músculos ficam paralisados. Um gosto podre abate suas papilas, contaminando a faringe e o esôfago, em uma decomposição instantânea, assim como seu olfato, que fareja um gás fétido e sufocante. Sua postura desaba, um ombro bate com violência contra a parede. Ele cai.

Preso em seu próprio corpo, assiste aos movimentos lentos da jovem caída à sua frente. A cabeça dela gira, e o estalo do pescoço a faz gemer. Ela se senta, o olhar passeia pelo banheiro até que o encara.

— Eles tentaram salvá-lo, mas você não tem jeito. — Ela sorri.
— Celebre a morte!

Estalos se manifestam por todo o seu corpo enquanto se levanta. Ela ajeita o rabo de cavalo desfeito e, em seguida, alinha o vestido. Diante da bancada, estica o indicador da mão direita e o desliza sobre o sangue espirrado de Daniel. Lentamente o leva até a boca e, com um sorriso perturbador, suga-o como um doce.

— Você sempre foi minha melhor peça. Dizem que só faço truques, isso não é verdade — sua voz é grave e arranhada. — Eu só acordo o lado ruim que todos têm.

Daniel leva as mãos à garganta, tentando massageá-la. Falta-lhe o ar e, lacrimejando, ele a assiste com pavor. Ela se aproxima.

— Nunca mediu esforços para ter o que quer, não é mesmo? Pois a conta chega, meu caro! Você acha, realmente, que eu não existo? Eu sou o adversário diário que só observa, porque sei que o lado podre não demora a aparecer. Minha colheita não tem fim.

Ela agarra as mãos de Daniel e as puxa com força, liberando sua garganta. O ar que volta repuxa seus pulmões, fazendo-o engasgar. Seu corpo pende para a frente e de quatro permanece diante dos pés dela.

Fortes pancadas na porta desviam seu olhar.

Daniel apoia-se no vaso e então vê o banheiro vazio, intacto.

As pancadas continuam; a voz abafada por trás da porta soa irritada.

Ele se levanta com dificuldade, alcança a maçaneta e sente o empurrão. Ainda se equilibra quando o sujeito entra esbravejando.

— Acha que o banheiro é exclusivo, cara? — O homem puxa-o para fora.

Desnorteado, segue pelo corredor mal iluminado até chegar ao salão. O soar de bandejas e o falatório se misturam ao movimento intenso de clientes. Seu rosto débil os acompanha de forma intrusa; e, irrelevante, ele caminha entre as mesas, atrapalhando a passagem de pessoas que buscam por assentos livres. Sente alguns esbarrões, até que sua espinha se transforma em uma serpentina de gelo. O suor frio brota da pele, como orvalho do medo, quando encara a mesa bagunçada com seus ocupantes.

A risada exagerada se mistura às gargalhadas dos rapazes que batalham com os canudos de plástico. Ela segura uma bandeja como escudo a amparar as bolas de guardanapos lançadas por eles. Seu rabo de cavalo se agita de um lado a outro, bailando em sua descontração juvenil, vívida e alegre, não correspondendo à realidade de um ataque sofrido.

Daniel fecha os olhos, e fantasmas de sua imaginação percorrem todos os cantos vazios da mente. Sua realidade se dissipa, ofuscada pelo desatino que o tortura. A ausência de certezas o assombra, e o murmúrio da loucura sopra em seus ouvidos. Uma sensação de pânico satiriza seu corpo enquanto alguns rostos o encaram com interesse.

Aos tropeços, chega à saída.

As mãos dormentes insistem na abertura do carro, e somente quando desistem, o veículo, como por vontade própria, destrava-se. Seu corpo estranho assume a posição de partida.

Capítulo II

Sentimento cáustico

Paula e Esther trocam olhares assustados. Alana, de costas para elas, mantém o rosto próximo às grades. Desde a saída do homem ela encara a porta de ferro; as palavras ditas continuam ecoando em seus pensamentos. A certeza de que sua vida será encerrada em esquecimento nesse lugar reitera, de forma solene, o sentimento cáustico de arrependimento.

O drástico destino buscado naquela estrada teve seu preço, e ela terá de pagar a angústia da espera pelo fim.

— Que lugar é este, afinal? — a voz trêmula de Esther quebra o silêncio. — O que... Como? O que fizeram com ela? — ela aponta para a cela vazia.

— Você ouviu o que aquele monstro falou. Ele vai acabar com a gente. Uma por uma — Paula diz em voz baixa.

— O que ele fez com a pobre menina? O estado em que ele a deixou... antes... antes...

— Fomos drogadas, Esther! — Paula eleva o tom. — Olhe à sua volta. Você se lembra de tudo? Você tem dúvidas? Como estamos com as roupas limpas? Nós estamos limpas... Mas o que mais eles poderiam ter feito com a gente?

Ela abaixa a cabeça numa investigação no próprio corpo. Suas mãos apalpam nervosamente entre as coxas. Ela anda de um lado para outro da cela e parece iniciar uma conversa consigo mesma, bem baixinho.

Esther atenta para a angústia de Paula, aperta a gola do vestido para bem perto do pescoço. Suas mãos tremem.

— Você tem razão. Ele pode ter feito coisas terríveis com a gente, e acho que Raquel não deve ter aguentado. Ele foi muito cruel com ela... Pobre moça! — suas mãos tapam a boca, enquanto seus olhos apavorados observam a cela de Raquel. — O que ele quis dizer com círculo, entrega? Entregar para quem? — Com a voz abafada, continua:

— Ele enganou o meu marido. Sim, deve ter inventado alguma história para ele não me buscar. Ele não iria me deixar aqui por tanto tempo — sua cabeça acena em negação. — Não... não por tanto tempo — Ela para. — Por quanto tempo?

Paula encolhe-se num dos cantos da cela, senta-se no chão, ergue os pulsos e os observa atenta, como se as cicatrizes falassem com ela. As lágrimas escorrem pelo rosto exausto.

— Será mesmo que ele contou histórias, ou nos esquecemos de fato? Somos péssimas em lembranças, não somos?

Por algum tempo o silêncio é uma decisão mútua.

— Juro que eu não queria morrer — Paula fala baixo, e o soluço a interrompe.

Esther se apoia em uma das grades e senta-se com dificuldade no chão. Permanece calada, mas atenta à exposição de Paula.

— Eu só... só não aguentava mais — Paula fecha os olhos. — Eu era bem pequena, amava os meus pais... Até que... até que ele mudou e meu pesadelo começou. Uma criança não sabe o que é maldade até sentir a dor, uma dor que dava vergonha de contar. Ainda me lembro da primeira vez — Paula coça os pulsos com a ponta dos dedos. — Eu estava quase dormindo, meus olhos pesavam, quando a porta começou a ranger. Virei a cabeça e a luz fraca do corredor moldou sua forma. Eu, na minha inocência, sorri; afinal, era meu pai. Ergui os braços e aguardei um abraço, um beijo de boa-noite. Sua respiração estava estranha, um forte cheiro de álcool chegou até mim. Achei azedo e torci o rosto. Ele fechou a porta sem qualquer barulho e tudo ficou escuro de novo.

Sua roupa fedia a cigarro... eu não conseguia me mover... era muito peso em cima de mim. — Paula exala o ar pesadamente.

Esther, sem conseguir olhar para ela, enrola o tecido do vestido entre os dedos e os torce sem força.

— Quantas vezes me senti imunda... muitas vezes! Minhas noites viraram um inferno. Mal dormia, vigiando a porta. Eu caía doente e minha mãe perguntava por que eu mal comia? Por que não queria ir para a escola? Por que estava tão quieta? — seus olhos se apertam. — Até que um dia não aguentei mais e contei — seu riso dispara nervoso entre lágrimas. — Contei, contei dos machucados que papai fazia, contei que não aguentava mais — seu rosto fica sério enquanto engole o ar, cessando o choro.

— Um tapa. Um grande tapa ela me deu. "Você é uma maldição!", ela disse várias vezes. Eu chorava... chorava. Queria colo, queria um abraço, mas me encolhi. Achei que ela, apesar da raiva, pudesse interferir, evitar que aquilo acontecesse mais... Mas ela nada fez. Tudo piorou. Eu simplesmente não existia mais para ela. O tempo passou, as brigas entre eles ficaram mais frequentes, e minha culpa só aumentou. Me tornei um ser estranho dentro da própria casa, dentro de mim mesma... E o desejo de morte me visitava todos os dias, soprava a desesperança em meus ouvidos. Então comecei a pô-lo em prática. Até nisso fracassei. As tentativas malsucedidas me enterraram viva. Aí vieram as instituições, comecei a me sentir tão segura dentro delas, finalmente. Pelo menos tinha certeza de que ele não estaria lá. A porta, por fim, ficava trancada, mas me enganei; ele estava dentro de mim. Sua voz me acordava no meio da noite, sua risada ecoava nas paredes — seu rosto se torna pensativo, como se revivesse cada momento. — Eu nunca, nunca disse uma palavra sobre isso nesses lugares. Me tornei outra pessoa, criei mil histórias, agredia, xingava. Tudo o que eu podia fazer para ficar dopada, eu fazia. Era a única forma de sumir com ele — seus olhos se apertam. — Aqui, pensei que seria diferente. Dora me acolheu. Seus cuidados confortavam minha alma, e meu quarto ficou em paz… Acreditei que iria me libertar — ela olha as grades à sua volta. — Como ela pôde…

Os olhos úmidos de Esther acompanham cada palavra, cada gesto. Ela se aproxima mais das grades e suspira com tristeza.

— Lamento seu sofrimento. Não imagino que peso carrega por tanto tempo — ela seca o canto dos olhos com a manga do vestido. — Todas nós temos algo guardado nas sombras.

Paula lança um olhar para Esther.

— Minha vida foi engolida por um ódio, um ódio que me cegou — Esther abaixa a cabeça como se pausasse seus pensamentos, respira fundo. — Paulo, Paulo da Costa Henriques. É o nome dele. Sim, é o meu marido. Nos conhecemos muito jovens, tínhamos muitos planos — Esther coça o lóbulo de uma orelha em sinal de desconforto. — Meu lar! Meu lar era tudo para mim — ela aperta as mãos, uma raiva transparece no rosto. — Eu queria meu lar completo e feliz. Tudo o que eu queria, tudo o que eu mais queria, mas esse Deus não permitiu. Me mandou em um corpo inútil… Uma… uma criança apenas, e eu estaria completa — seus olhos olham para o nada, lacrimejados. — Montei seu quarto, aprendi a bordar e fiz peças lindas para ela. Todos os dias ficava por horas arrumando… Paulo gastou uma fortuna em tratamentos. Os anos se passaram e eu só pensava nisso, acho que ele se cansou… Até que… nada mais estava no lugar. Ele, cada vez mais distante. Eu passei a jantar quase todos os dias sozinha — ela ajeita os cabelos e enxuga algumas lágrimas, levanta-se e anda de um lado para outro. Seu nervosismo aumenta.

— Comecei a segui-lo. Dava uma boa distância e o aguardava dentro do carro, até que ela surgiu: jovem, sorridente, e ele… feliz. Minha vida foi tomada por eles. Eu só pensava neles. Aí teve o dia em que ele saiu de casa e minha vida saiu dos trilhos. Eu não conseguia viver sem ele. Passava horas em vigília… assistia a tudo do carro… a casa era tão bonita! O tempo passou e eu era uma sombra do outro lado da rua. Dias e dias. Meses. Comecei a notar algo diferente: suas roupas… Suas roupas mudaram, estavam mais largas, mais coloridas. Ela estava radiante, ia ser mãe — Esther chora de soluçar.

Paula observa seus gestos agitados.

— Não, eu não aguentei! Acompanhei sua rotina, seus horários e trajetos. Eis que algo me chamou a atenção. Todas as terças, pela manhã, ela atravessava uma ponte para chegar ao salão de beleza. Comecei a segui-la a pé. Cada vez mais próxima, podia ver sua barriga grande... A felicidade estampada em seu rosto, até que ela passou por mim e eu senti seu perfume, o *meu* perfume! — ela para e encara suas mãos bem próximas ao rosto. Trêmulas, insinuam um movimento de estrangulamento.

Paula se levanta e pensa em chamá-la de volta, mas desiste quando ela recomeça em tom mais brando:

— Meu sangue ferveu. Aquilo não podia continuar. Tudo foi muito rápido. A única coisa que pensei na hora... minha voz não saía... me virei e joguei as chaves do carro no chão. Ela notou o barulho e retornou. Não sei se ela achou que tinha derrubado ou se queria me entregar de volta. Não deu tempo. Agarrei seu pescoço com tanta força que sentia suas veias pulsarem. Apertei-o, e seus olhos castanhos me encaravam com inenarrável pavor. Lancei nossos corpos sobre o parapeito, as árvores contiveram minha caída, mas ela foi direto ao chão. Seus... seus olhos não se fecharam, e aquele olhar me amaldiçoou. Apaguei e só acordei dias depois no hospital. Me lembro de tentar me mexer, mas... eu estava amarrada, só conseguia mover a cabeça. Demorou um tempo até que ouvi seus passos, tentei erguer a cabeça, mas não foi preciso, ele já estava do meu lado. Paulo me encarava em silêncio, mas seus olhos gritavam, seu ódio fez meu corpo tremer. Foi a última vez que o vi.

Paula e Esther trocam olhares. Cúmplices de suas infelicidades, sabem que palavras já não são mais necessárias; no fundo, sabem que confissões precedem o fim.

Ao observá-las em silêncio, Alana mergulha em suas lembranças. Ela fecha os olhos e pensa em Daniel. A tristeza a invade com uma avalanche de imagens, e ela se vê jovem, cheia de sonhos e toda empolgada por ter sido aceita na escola de dança. Ainda se recorda dos passos, muito bem executados, que chamaram a atenção da banca de avaliação. A perfeição dos gestos deixara os jurados boquiabertos; naquele dia teve a certeza de que a dança lhe daria asas para voos bem altos, bem longe de seu terrível lar.

    No mesmo dia, com as poucas amigas, saiu em comemoração. O pequeno restaurante tinha poucas mesas. Em torno de uma delas, três rapazes riam sem parar. A animação etílica chamava a atenção de todos, não como um incômodo, mas como divertimento, pois estavam realmente engraçados. Alana se lembra de seu copo de refrigerante vazio; e foi quando chamou o garçom, que não a atendeu por estar entretido com um dos rapazes. Por um dos cantos, chegou até o balcão, sua voz mal saía ao fazer o pedido. Batidas no tampo ao lado a assustaram.

    O rosto corado pelo álcool a encarava. O sorriso era encantador. Ele bateu novamente na madeira e, enfim, o *barman* se aproximou.

— Não vai atender esta bela menina? — A voz meio arrastada soou alto, e quando tentou fazer cara de sério, ambos caíram na gargalhada.

— Claro, doutorzinho Daniel! Com certeza atenderei esta bela moça! O que manda, querida? Vodca? Cerveja? — o *barman* tentava ficar sério para ela.

— Não, nada disso. Eu não bebo… quer dizer, somente um pouco de refrigerante — Alana relembra de suas palavras tolas.

— Puxa! Como um corpo tão perfeito como esse se hidrata com porcaria? — Os olhos dele percorreram seu corpo sem nenhuma discrição. — Ah, me desculpe! — ele estendeu a mão. — Me chamo Daniel.

Encantada por seu gesto, Alana retribuiu.

— Oi! Me chamo Alana. E este corpo aqui malha muito para gastar as porcarias — ela movimentou uma das pernas e ele a acompanhou com olhos interessados, até que reconheceu a polaina que pousava sobre o tênis surrado.

— Ah! Por isso uma postura tão elegante... uma bailarina. Que legal! — ele ajeitou a própria postura e tentou ficar na ponta dos pés, desequilibrando-se.

A risada entre os dois foi inevitável, e ali teve a certeza de que aquele sorriso a faria feliz para sempre.

Os ruídos vindos das mesas se tornaram mais altos; os dois mal conseguiam se entender. Ele sinalizou para a porta, e sua simpatia a convenceu a segui-lo.

Uma vez fora do restaurante, caminharam lado a lado pela rua vazia. Alana ainda se recorda da brisa fria da noite a soprar no seu rosto, e a sensação de liberdade que a fazia sorrir sem parar.

— Quer o meu casaco? — ele fez menção de tirá-lo.

— Não, estou bem, obrigada! Há muito tempo que não sinto uma brisa tão agradável.

— Eu também — ele sorriu de volta.

Os dois andavam em silêncio; de vez em quando, trocavam olhares tímidos, que desviavam para as vitrines das lojas fechadas, até que se aproximaram de uma praça. O chafariz iluminado chamou a atenção pela beleza das esculturas: um leão sobre um livro fechado, rodeado por anjos que, com as asas abertas, simulavam voos em seu entorno. O cair da água se destacava, anulando qualquer som do cenário urbano, e sua leveza os convidava para uma pausa.

Daniel se apressou e, com uma das mãos, limpou a poeira do banco de madeira, sinalizando para ela se sentar.

— Por favor, *mademoiselle*! Seu assento já estava reservado — disse, fazendo uma reverência.

Alana se recorda da descoberta de afinidades na conversa descontraída, da troca de olhares e do prazer em dividir seu tempo com aquele rapaz que a fez se sentir tão especial, num dia tão especial.

Os assuntos pareciam não ter fim, até que a luz do chafariz foi esmaecida pela luz do dia.

— Desculpe, Daniel, mas tenho que ir. Hoje... quer dizer, ontem, eu deveria dormir na casa de minha amiga. Ela deve estar preocupada... e tenho... — ela olhou para o relógio — ... daqui a poucas horas, uma aula muito importante.

— Não, tudo bem. Posso acompanhá-la? Lá em casa ninguém liga mesmo — o rosto, agora sóbrio, a encarou ansioso. — E ainda ganho mais um tempo com a menina mais encantadora que já conheci.

— Sim, claro! — Alana respondeu com o rosto ruborizado.

À porta, se despediram com timidez. E antes que ela a fechasse, ele a chamou mais uma vez. Com os olhos ardendo pelo sono, ela a entreabriu.

— Engraçado... com você eu fico em paz — Daniel sorriu. — Até amanhã, *mademoiselle* Alana!

Os encontros não tinham a frequência que queriam, pois os ensaios tomavam muito do tempo de Alana. Disciplinada, não tinha como acompanhar os hábitos noturnos de Daniel, e naturalmente se afastaram.

Até que, no dia de sua formatura, ele reapareceu.

Segurava um lindo buquê de rosas vermelhas, o cabelo estava bem cortado, assim como o terno escuro era bem alinhado. Alana ainda se lembra do perfume dele ao se aproximar, os olhos contendo um brilho irresistível.

— Parabéns, *mademoiselle*! — ele aproximou o rosto do seu ouvido e sussurrou: — Você está linda. Quer casar comigo?

Seus olhos umedecem quando recorda a imagem. Ele, ajoelhado sobre o tapete vermelho do teatro, diante de centenas de rostos interessados, parecia ter finalmente amadurecido. Seu coração acreditou.

Não demorou muito e Alana começou a lecionar na pequena escola de dança. Passou a dividir o apartamento com as amigas e nunca mais teve contato com os pais, diferentemente de Daniel, que, apesar de fazer parte do grande escritório de advocacia, ainda morava com os pais. Numa tarde de sábado, ele a surpreendeu com um convite em cima da hora: era hora de conhecê-los.

* * *

A casa estava toda iluminada, como em noite de festa. E, para a surpresa de Alana, a grande mesa aguardava somente quatro ocupantes. O capricho na escolha das louças, talheres e taças a deixou orgulhosa por ser a convidada especial. Radiante, não parava de lançar olhares apaixonados para Daniel.

Os pais dele surgiram pela escadaria de mármore. Alana recorda do andar meio cambaleante da mãe e de seu olhar envidraçado de álcool, mas sua elegância era impecável. Daniel não conseguia esconder a irritação, mesmo a mãe sendo muito simpática com ela. Quanto ao pai de Daniel, este a elogiava sem parar:

— Encantado, Alana! Na minha família, sempre tivemos bom gosto para escolher mulher.

Aquilo deveria soar como elogio, mas Alana sentiu um estranhamento com as palavras proferidas pelo Senhor Reinaldo. Ela sorriu ruborizada, mas nada disse.

Durante todo o jantar o clima era desconfortável, e Alana se impressionava com a postura submissa de Daniel com seu pai. Ele mal falava. Poucas palavras foram trocadas, mesmo entre eles.

O vinho descia sedoso, e Alana acabou abusando. Daniel pareceu ter notado e, logo após a sobremesa, piscou e a convidou para ir ao seu quarto. Ela subiu com ele e, já meio tonta, de forma desajeitada, se jogou na cama e lançou os sapatos para longe. Daniel, achando graça, deslizou as mãos sobre o vestido até chegar ao zíper.

De olhos fechados, ela sorriu ao compreender a intenção do namorado.

Seus olhos pesaram, e mergulhou num sono profundo.

Até hoje Alana tenta se recordar com mais clareza desse evento do passado, mas sua memória traz somente fragmentos.

Ela se lembra de acordar no quarto escuro. Seu corpo nu, encolhido de frio pela falta de coberta. Despertou com partes doloridas, principalmente os seios. Ao alcançar o pequeno abajur, a luz mostrou apenas sua presença no cômodo. Notou um cheiro forte de perfume no ar e, quando aproximou o nariz de seus braços, sentiu um aroma amadeirado, bem diferente do perfume de Daniel.

* * *

Alana nunca comentou ou questionou Daniel sobre o fato de algo ter ocorrido entre eles. Achou melhor deixar para lá.

Dias depois se casaram, dando início a uma relação marcada pela primeira de várias omissões.

* * *

Ruídos despertam Alana. Ela observa por todos os lados; as mulheres continuam em seus cantos, quietas.

Ela pausa a respiração e aguça os ouvidos.

O barulho se aproxima da porta, como passos abafados. Alana se encolhe e se arrasta para um dos cantos da cela. Suas mãos começam a suar entre as barras. Ela engole em seco e encara a porta com receio.

Paula gira o corpo e se aproxima da cela de Alana. Seu rosto, em dúvida, percebe o nervosismo, mas mesmo assim nada pergunta; os olhos tentam captar alguma coisa pelos cantos escuros.

Nada acontece.

— Vocês estão ouvindo? — Alana se assusta. — Acho que alguém está vindo.

Paula se levanta de supetão.

— O quê? Não estou ouvindo nada...

— Shh!... Acho que ouvi também — Esther diz baixinho, e seu corpo sem jeito alcança uma das barras.

O som recomeça do outro lado da porta. Um barulho metálico de chaves se torna mais nítido. As respirações tensas são contidas enquanto se encaram.

O ruído áspero de sua abertura toma conta do cárcere, e rostos apavorados se entreolham, até que surge Dora.

Antes de entrar, ela olha diversas vezes para trás. Tensa, leva uma das mãos à boca, pedindo silêncio, e todas obedecem. Com todo cuidado, fecha a porta sem fazer barulho.

— Não temos muito tempo — ela sussurra, enquanto analisa o molho de chaves em suas mãos. Separa uma por uma, até que segura a menor delas.

Seu olhar, muito diferente do da última vez em que a viram, se reveza entre a porta e as chaves, numa desarmonia nervosa.

— O que você quer, Dora? — Alana recua. — Vai nos entregar para quem desta vez? — sua voz sai fraca e trêmula.

Sem responder, Dora começa pelo cadeado de Esther, e um leve clique indica sua abertura. Assim faz com os demais cadeados.

Nenhuma delas ousa sair. Desconfiadas, encaram Dora, que diminui o ritmo. Seu cansaço é visível, e pela primeira vez seus olhos respondem com tristeza.

— Não posso mais deixar que isso aconteça. Sei que não fui boa com vocês... eu não podia ser boa...

Uma pancada seca vem do teto. Seus olhos acompanham, cheios de pavor, até que uma de suas mãos cala a própria boca.

Ela sinaliza para deixarem suas celas, gesticulando para que a acompanhem.

Seu corpo franzino passa por elas, e mais uma vez ela remexe nas chaves. Atravessa a sala até que alcança a primeira porta.

— Vamos sair pela sala da terapia — diz bem baixo. Encaixa a chave e gira uma, duas voltas, e puxa a porta com cuidado.

Olhos incrédulos se fixam na parede de tijolos recém-construída, obstruindo a saída.

— Mas... mas... — Dora balbucia.

— Dora, o que é isso? Quem poderia ter feito isso? — Alana quebra o silêncio.

— A única coisa que posso fazer é... — Dora olha à sua volta e o nervosismo transparece mais forte. — Tenho que tirar vocês daqui, não posso mais permitir que isso aconteça. Este lugar... este maldito lugar!

Ouvem batidas secas vindas do teto, que assustam a todas. Dora lança um olhar de angústia; as mulheres se entreolham.

— O que vai fazer, Dora? — Alana murmura.

— Vamos ter que tentar por lá mesmo — Dora aponta para o outro lado e volta pela porta por onde entrou.

Quase aos sussurros, recomeça:

— Quando passarmos por esta porta, prestem atenção somente em mim, ouviram? Somente em mim, e não se afastem por nada. Acreditem, este lugar está condenado e não vai ser fácil sair daqui.

Capítulo 12

Teve suas chances, meu caro

Enquanto dirige, o suor frio escorre por seu rosto. O céu escurece prenunciando chuva, algumas luzes nos postes já estão acesas. Sem ligar os faróis, Daniel dá voltas sem rumo. Sua mente não é confiável, então busca âncora no que restou.

Precisa encontrar Alana.

A grande placa iluminada chama sua atenção. Ele liga a seta e encosta o carro numa das vagas do posto de gasolina. Pelo retrovisor, observa as poucas pessoas que abastecem os carros; a normalidade do local o acalma. A chuva não demora, e sua intensidade embaça o vidro traseiro. Ele apoia a cabeça no encosto do banco, fecha os olhos e, por um tempo, ao som da água que cai na lataria do carro, tenta se concentrar. Sua mente confusa percorre cantos obscuros; lembranças descosturadas desafiam sua sanidade.

Tateando os bolsos, ele procura o celular até que o encontra. A tela acusa pouca bateria, mas é possível notar a barra de sinal de internet completa. Suspira de alívio. Ele aperta os olhos e se obriga a lembrar o nome do médico a quem autorizou a internação de Alana. Vários nomes lhe vêm à cabeça, mas algo lhe diz que não são aqueles. Seus dedos trabalham na pesquisa: *psiquiatra referência em... distúrbios...* Aparece uma lista, seus olhos seguem pelos médicos sugeridos, mas sem conseguir associar a algum nome familiar. Esforça-se mais uma vez e se recorda de um nome curto e não comum. Recomeça a procura e digita: *hospitais psiquiátricos referência*; desliza os olhos pela lista até que algo lhe chama a atenção: *Dr. Gael Montealto, referência... psiquiatra com especialidade no comportamento humano e seus distúrbios...* Ao clicar, a foto dele surge. Não tem dúvida.

Desliza o polegar sobre a tela várias vezes até chegar ao fim da matéria; em seu rodapé, o nome Sanatório de Montealto se destaca.

Daniel analisa o mapa com cuidado e, quando entende seu trajeto, fecha a tela e lança o aparelho no banco ao lado. Liga o motor e observa o painel.

O combustível é suficiente para seguir.

* * *

A chuva intensa dificulta a leitura das placas, mas tem certeza de que o caminho está correto. A longa distância obriga sua mente a pensar; Daniel tenta se lembrar dos últimos dias, mas lacunas desmancham respostas. Perder Alana o tirou dos trilhos, ele admite. Mas o que busca agora? Será a mesma Alana que vai encontrar? Sua mente rodopia em dúvidas.

Ele continua por alguns quilômetros, até que surge uma bifurcação. Reduz a velocidade e liga o farol alto. Na placa de madeira rachada, as letras ainda estão legíveis, assim como a seta: Montealto à direita.

A estrada estreita inicia um longo caminho, e a falta de curvas o deixa sonolento. Ele ajeita o pescoço de um lado para o outro, sem tirar os olhos das faixas tracejadas no asfalto, cujo efeito é quase hipnótico. Os olhos pesam. Como distração, liga o rádio. O chiado que sai das caixas de som por falta de sinal o aborrece. Com um tapa, desliga-o. Sua direção se torna impaciente e já começa a acelerar.

O vento sacode os galhos das árvores, e esguichos de água são lançados em sua lataria, alertando seus sentidos. A velocidade não permite que desvie de algumas poças, o esforço dos pneus já está no limite da segurança.

Uma luz se acende no painel, com o *bip* indicativo de que o combustível está na reserva. Seus olhos se desviam para o alerta e, segundos depois, se voltam para a estrada. O farol ilumina, sobre uma das faixas, seu filho.

A freada brusca faz o carro rodopiar pelo asfalto encharcado. Ele agarra o volante, que insiste em girar. Com muita força o redireciona, mas a perda de controle é inevitável. As rodas saem da estrada. Cascalhos do meio-fio batem na lataria, um barulho infernal. Os faróis iluminam as folhagens engolidas pelo capô desgovernado.

Um grande tronco surge à frente.

As mãos desistem do esforço no volante, enquanto os braços tentam proteger o rosto dos vidros estilhaçados.

* * *

O som da buzina faz com que recobre os sentidos. Sua testa lateja.

Daniel se movimenta com cuidado, alguns ossos estalam. Afasta o rosto do volante e o som da chuva é só o que ouve, até que tudo se apaga.

* * *

A pontada no braço dissolve algo viscoso em seu sangue, que queima. Contrações involuntárias chicoteiam seus músculos, e a dor domina seu corpo. Os olhos esbugalhados fitam uma luz intensa, o cérebro ordena uma ação. Suas mãos abrem e fecham, mas os pulsos estão presos, assim como a cabeça e o abdome. Um gemido sai da garganta, mas a boca não se abre.

A respiração ofegante insiste em seu tórax comprimido, a dor é insuportável.

Daniel, enfim, chora.

A luz se apaga. Suas pupilas cegas movem-se nervosamente, embebidas em lágrimas, que escorrem pela face quente.

Ouve um tilintar metálico próximo ao seu rosto, como o de uma bandeja sendo largada sobre uma mesa. Seus ouvidos se atentam e já é possível ouvir vozes abafadas, incompreensíveis.

A imagem fosca é de um vulto sobre seu rosto. Aos poucos, os olhos traduzem uma presença.

— Consegue me ouvir? — a voz abafada insiste atrás da máscara cirúrgica.

Seus olhos divagam pela sombra.

— Consegui trazê-lo de volta, meu caro!

As luvas afastam a máscara do rosto. Daniel o reconhece.

— Sofreu um acidente de carro, por sorte conseguimos resgatá-lo; se não fosse aquela árvore, estaria muitos metros abaixo — as palavras se confundem em meio ao ruído do látex das luvas sendo retiradas. — Teve fraturas nas pernas e lesões em algumas costelas, por isso deve ficar um tempo imobilizado. Apliquei um forte anestésico, pois tive que realizar algumas suturas na região da cabeça.

Daniel tenta responder, mas seus lábios não se movem.

— O que estava tentando fazer, Daniel? Acha que realmente iria encontrá-la? Você a entregou aos meus cuidados, não se lembra? — Gael retira a touca e alinha os fios de cabelo com uma das mãos. Respira fundo. — Felizmente, meu Deus escreve certo por linhas tortas e me colocou no seu caminho, mais uma vez, para afastá-la de você. Eu poderia muito bem ter dado um basta em sua vida, mas, pensando bem, será melhor ter você aqui por mais um tempo... também sob meus cuidados.

Olhos esbugalhados de assombro encaram seu interlocutor.

— Teve suas chances, meu caro. A vida lhe ofereceu caminhos, mas você sempre escolheu os atalhos. Fugiu de suas responsabilidades; e tudo aquilo de que não se cuida, perde-se para sempre. O mal está sempre atento a esses detalhes — Gael retira uma seringa do bolso. — Quando perdemos tudo, não ficamos vazios — ele sacode a seringa no alto, inspecionando seu conteúdo esbranquiçado. — Simplesmente nos tornamos o que nunca gostaríamos de ser.

Daniel retrai os músculos com tanta força, que suas veias saltam.

Gael as observa sem pressa, lançando um pequeno esguicho para o ar.

— Bem-vindo ao Sanatório Montealto! Aqui, acordamos as feridas mais profundas, e os sofrimentos não serão aliviados.

A pontada no pescoço eletriza seu corpo.

Sua mente se apaga.

Capítulo 13

Preste atenção somente em mim!

Alana observa Dora abrir a porta. As mãos tremem e, por um instante, percebe que profere uma prece. Presta atenção nos lábios, que desenham, sem demora, um versículo bem conhecido.

"Não julguem, e vocês não serão julgados. Não condenem, e não serão condenados. Perdoem e serão perdoados."[15]

Pensa em recuar, mas ao reparar na esperança visível nos olhos de Paula e Esther, desiste.

Elas a seguem pelo corredor mal iluminado, e o ar com cheiro de mofo as envolve num fôlego sufocante e abafado. No chão empoeirado pousam camadas que se desprenderam de suas paredes descascadas. Os movimentos de seus pés provocam uma nuvem de poeira fina, embaçando o caminho. O silêncio se anula pelo tímido arrastar dos pés, que seguem obedientes ao desconhecido.

Mais uma vez.

O corredor extenso exige um grande esforço, Esther já parece desistir. Alana escuta o desabar pesado ao lado; e os olhos irritados tentam alcançar seu vulto, que não aparece. O desespero aumenta por entender que não devem se separar; ela não desiste. A voz não

---

[15] Evangelho reportado por Lucas, 6:37.

sai enquanto lança os braços na densa e cinzenta camada em busca de seu corpo. Os movimentos agitam as partículas, bloqueando a visão por completo. Os olhos ardem, irritados. Ela gira, recua, dá um passo à frente e num nada mergulha.

Alana cai de joelhos.

A garganta ousa tossir, mas os pulmões não reagem. Emite um suspiro conforme seu corpo se desvia rumo ao chão. A visão escurece.

* * *

A falta de ar que toma conta de Paula, ao enfrentar a poeira que inunda o corredor, é desproporcional. O esforço pesa em seus passos, afastando-a das demais. Ela tenta chamá-las, mas o cansaço rouba sua voz. Seus olhos, irritados pelo pó, insistem, fechados, enquanto ela se apoia numa parede.

Quando, finalmente, os dedos livram seus cílios da sujeira, percebe que a nuvem se dissipou. Gira o rosto de um lado a outro e só vê o corredor vazio. A respiração ainda pesa, leva um tempo para retomar o fôlego. Começa a notar algo estranho.

Não é o mesmo corredor de antes.

Ela custa a entender até que aproxima o rosto da parede. Suas mãos tremem ao passar pela estampa do papel de parede. O corpo começa a gelar. Os olhos encaram o revestimento gasto de sua casa, com aqueles desenhos florais de mau gosto, escolhido por sua mãe. Ela esfrega os olhos por diversas vezes e tenta se convencer de uma alucinação por estresse, mas a respiração capta o cheiro inconfundível e peculiar que embrulha seu estômago. A mistura de tabaco e álcool se torna mais forte. Ouve a voz do pai, seu corpo salta. Ela gira, gira e roda de um lado a outro, mas apenas a voz dele está presente: Paula, Paula, Paula!

Por trás da parede, pancadas a amedrontam. Ela encosta o ouvido e uma voz abafada insiste.

Não o escute! Não é ele! Preste atenção somente em mim!

Passos em sua direção; ainda mais assustada, se afasta e tenta correr. Mas para qual lado? Nenhum parece ter fim.

A voz do pai recomeça a chamá-la.

É possível sentir sarcasmo e malícia; e essa mistura a paralisa, como sempre. Aquela risada, rouca de tanto cigarro, arranca lágrimas dos olhos que teimam em não se fecharem. Ela sente o toque dele, mas não consegue vê-lo. Onde está? Uma mão invisível começa a explorar seu corpo, imóvel de pavor. Paula, como jamais esqueceu, se concentra em sua respiração, pois o pior está por vir. Inspirar... expirar..., mas o ar lhe falta completamente. Seus olhos arregalam, secos como os pulmões arfantes.

Pancadas reverberam em sua direção, seus olhos desidratados não conseguem identificar. Um grande vulto se aproxima. O bote faz seu corpo voar em queda, e o rosto bate com toda força na parede. Gritos não humanos se confundem na sua cabeça. A visão turvada duplica os olhos brilhantes que a encaram. Dor e pavor. Paula se encolhe. Seus pulmões lutam, o ar que volta devolve fluido aos olhos. Então a forma se torna nítida e bem próxima de seu rosto.

As garras dilaceram sua garganta. O pescoço, uma vez torcido, faz seu rosto girar. O último som que escuta vem de trás da parede.

Ele provoca, adoece e abate. Ele é traiçoeiro. Nunca o escute.

* * *

Esther recobra os sentidos. A respiração pesa. Lentamente, ela ergue o corpo até sentar-se apoiada na parede. Enxuga a testa com o pulso e nota a pele coberta de poeira. O corredor está abafado. Apenas uma lâmpada funciona. Ela aperta os olhos para tentar enxergar em meio às sombras, à procura das outras.

— Alana! Paula! — sussurra. — Por favor, alguém... Alguém aqui?!

A luz pisca algumas vezes, assustando Esther, que se cala.

Uma corrente de ar entra pelo corredor, a temperatura cai na hora. Esther puxa a gola rente ao pescoço e encolhe as pernas. O corpo treme, treme, treme sem controle.

A luz se estabiliza, mas ainda é fraca. Ela olha para os lados, não escuta nenhum som. Respira fundo. Começa a pensar no que poderia fazer.

Para qual lado? Ela se recorda da nuvem sufocante que a fez desmaiar; imagina que as outras devem estar próximas, desacordadas. Seu corpo assume uma posição de engatinhar, até que alguém anda em sua direção. Esther engole em seco, tenta não emitir som algum. Não sabe o quê, mas algo está perto de seu corpo. Gira o rosto à procura de alguém, e o que começa a enxergar é uma sombra. O vulto toma uma forma, que parece ser feminina, de baixa estatura e delicados contornos. Por um momento, anima-se por achar que é uma delas e exibe um sorriso nervoso.

— Até que enfim, Alana...

Sob a luz fraca, a presença se torna nítida.

O pavor toma sua face.

A mulher se aproxima, e Esther encara o rosto de pele descorada; suturas profundas desfiguram a face à sua frente, mas a reconhece. Sua aflição é nítida. A boca se movimenta com dificuldade para falar.

— O que você fez? Por quê? Ele não a queria mais. — A voz suplicante sai desafinada.

Esther sente as lágrimas quentes na pele gelada. O corpo permanece imóvel diante da mulher de seu marido.

Ela nota os movimentos dos braços roxos, que se erguem, levando as mãos até o ventre. Esther soluça diante do vestido manchado de sangue; seus olhos, incrédulos, observam o movimento de dedos que rasgam o tecido puído. A pele macilenta destaca costuras grosseiras, profundas, um ziguezague assustador.

— Esta seria Maria — a mulher sussurra com esforço. As mãos alisam as linhas grossas. Ela soluça. Gemidos sufocados saem da garganta dela e logo as mãos funcionam como ganchos. As unhas tentam arrancar linha por linha e, sem conseguir, afundam na própria carne.

Esther repara no sangue que escorre pelas pernas. O líquido negro e grosso exala o cheiro forte de morte. Ânsia, temor, aflição.

A mulher a encara.

— Você é amarga, você é má, sua infeliz... — ela não consegue terminar, uma das suturas arrebenta, a mandíbula despenca.

O coração de Esther dispara como nunca. Seus braços dormentes tentam alcançar o peito, uma dor insuportável. O corpo começa a se debater pelas paredes, o ar se torna escasso. Ela não aguenta mais o próprio peso. Desaba.

Olhos opacos, sem vida, permanecem arregalados para o corredor vazio.

* * *

Dora cai de joelhos, leva as mãos ao rosto e chora. Com raiva, começa a socar a parede de um corredor do hospício. Até que a voz macabra surge por trás dela.

— Não sabe que daqui ninguém sai? — O dono da voz ri. — Por que fez isso com elas?

Dora seca as lágrimas e respira. Pesadamente.

— Você sempre participou, o que é isso agora? — a voz continua.

— Estou cansada disso... não devemos mais fazer tanta maldade. Ela se levanta e o encara bem de perto.

— Nós não sobrevivemos, Gael, fomos poupadas para satisfazê-lo. Somos suas escravas e isso tem que acabar.

— Você sabe o que foi tratado e aceitou o pacto...

— Aquilo não é mais ela, Gael! Não podemos mais sacrificar vidas para... para manter aquilo.

— *Cale a boca!* — Gael lança a mão em seu rosto. Dora cambaleia até a parede.

— Ele sempre terá o que quer. Farei de tudo para manter nosso trato, e sempre a terei ao meu lado. Você querendo ou não — Gael diz, irritado.

Dora levanta o rosto. Logo atrás de Gael, a grande forma se ergue.

Capítulo 14

Não haverá quem te salve

O penoso movimento dos ossos estala em sua carcaça, fazendo-o despertar. O ambiente frio e mal iluminado desconvida a lembranças, sua mente confusa apresenta fragmentos estapafúrdios em que Daniel não ousa acreditar.

Tenta manter os olhos abertos enquanto um rastro tóxico circula no sangue. Sua visão, por vezes turva, busca mirar o teto encardido sobre sua cama. Manchas e ranhuras se movimentam ao redor de uma luminária abarrotada de insetos esquecidos na cúpula de vidro fosco. Daniel se concentra em sua pouca luz, mas isso o deixa sonolento, até que por sua garganta escorre um líquido amargo e ácido. Os pulmões se comprimem, o rosto torna-se rubro. A boca finalmente responde, separando os lábios. A garganta implora por ar; e o pouco que recebe o faz tossir. O gosto azedo provoca espasmos na língua, que logo começa a inchar. Ele aperta as mãos. Num grande esforço, tenta mover os braços. Em vão.

Largas faixas envolvem seu corpo, imobilizando-o, assim como a cabeça se encontra presa pela testa ao duro colchão. Os músculos entendem o pânico e se enrijecem em busca de movimento. Sua força, antes potente, agora implora por algum deslocamento. A pressão das correias impede a circulação, e a dor o domina por completo. Quando os olhos conseguem nitidez, pendulam pelos cantos, observando o que a luz sem brilho destaca. Além de um mobiliário hospitalar antigo, à sua direita pende de um suporte uma bolsa com líquido transparente, que recebe algumas gotas ritmadas. Associa-as de imediato às pontadas em suas veias. A garganta engole em seco.

O corpo começa a adormecer, mas a mente quer acelerar. Imagens e sons brigam por espaço; lembranças retalhadas o deixam nauseado. Da boca sai um ar quente, enquanto brota saliva em excesso.

O pêndulo da consciência o deixa exausto. Seus cílios se entranham, as pálpebras se fecham.

Sua respiração pausa ao som de vozes abafadas. O cansaço volta a embaralhar os sons, até que ouve algo mais nítido.

Passos firmes, mas lentos, se aproximam. De perto, a respiração sibilante é inconfundível, bem como o perfume amadeirado. Os seus olhos se arregalam.

Um olhar indiferente o encara por alguns instantes, examinando o seu estado lastimável. Sem qualquer sinal de piedade, lança-lhe o sorriso sarcástico. Daniel tenta dizer alguma coisa, mas é como se estivesse preso dentro do próprio corpo. A ausência de movimentos o encarcera derrotado, e o seu silêncio sempre foi o que este homem aproveitou.

O insuportável discurso começa sem rodeios:

— Não me surpreende encontrá-lo assim num lugar como este. Sempre teve tudo e se transformou num nada.

— O olhar de desprezo percorre os cantos, o homem solta o ar pesadamente. A cabeça balança: negação e desgosto.

— Sua ambição em tentar ser melhor do que eu em tudo o cegou. Você realmente achava que poderia me superar, hein? Nem chegou perto, moleque! Acho que agora reconhece; olhe o que sobrou!

Daniel sente o rosto queimar. O corpo imóvel mergulha em aflição, seus olhos respondem com lágrimas de humilhação.

— Eu lhe dei tudo de bandeja, e se tornou minha sombra. Desde que o vi pela primeira vez, analisei seu rosto, que, cópia da mãe, me cheirou a fracasso. Aliás, mulher com tantos distúrbios que a impediram de me dar mais filhos... Quer saber? Foi melhor assim! Sustentar aquela casa por tantos anos foi um desperdício de dinheiro e tempo... Mas até que me diverti um pouco... Você sempre me levou carne fresca.

Seu pai, na intromissão inconveniente, rodeia sua cama. Uma, duas voltas sem nada falar. Um leve zumbido no cômodo. A luminária pisca algumas vezes e, quando se estabiliza, sua luz mais forte contorna insetos inquietos. Inúmeras revoadas fazem o vidro tremular.

Sem poder se mexer, Daniel escuta a risada abafada, e é possível desenhar o rosto sarcástico, adornado por vasos sanguíneos que sobressaem na pele, típicos de um beberrão. O pigarreio irritante reverbera nas malditas paredes. Em uma pausa, ouve-se o som metálico do inseparável cantil de bolso sendo aberto. O gole é grosseiro e o odor etílico toma conta do ar.

— As festas eram boas mesmo! — a voz arrastada reinicia as provocações, e Daniel presume quais recordações imorais dominam o pai doentio.

Ele pigarreia entre risadas; os barulhos irritantes só pausam durante goles que se oferece.

— A forma mimada com que sua mãe criou você resultou no seu desapego com as coisas, e principalmente com as pessoas. Não soube cuidar de ninguém... perdeu todos. — Os braços se abrem no ar, sinalizando o vazio.

Ele entorna o cantil na boca. O som da garganta engolindo o álcool repetidas vezes faz Daniel tremer. A sede etílica presenteia o corpo com espasmos vexatórios, e os lábios murchos freiam a língua árida, como uma serpente rasteira, incontrolável, no céu de sua boca.

Daniel fecha os olhos até que tapinhas irritantes começam a estalar em seu rosto. O semblante bêbado e sorridente o encara novamente. Daniel é invadido pela náusea. O asco, finalmente, umedece a garganta, mas o gosto é repugnante.

— Com uma coisa eu concordo, e nisso, sim, você puxou a mim: sempre teve bom gosto. Sua Alana é fascinante! Aquele corpo com suas formas perfeitas, e seu caminhar, sempre exalando um cheiro doce... que endoidece a gente. — Seus olhos se fecham, como que a relembrar em deleite sobre o rosto rubro de Daniel.

— Aquele sorriso ofertante...

Daniel aperta os punhos que, presos, só alcançam dor. Os lábios, travados pelas drogas no corpo, desenham um débil semblante. Seu ódio arrefece e se entrega a uma torturante e profunda tristeza, enquanto o pai, irresponsável e cruel, dispara:

— Até que eu quis resistir, afinal, era a primeira namorada do meu filho que vinha em casa... Mas você sabe como a carne é fraca. Ainda mais quando a vi subindo, chapada, ao seu quarto; aí não deu para segurar. Ela não ofereceu nenhuma resistência, achou que era você, mas fui muito melhor. Suas pernas trêmulas de prazer pediam mais. Uma bailarina é uma experiência ímpar, inesquecível. Me senti anos mais jovem. Seus olhos se apertam como se mergulhassem na remota e maliciosa lembrança. Do sorriso úmido do pai, escorre saliva dos dois lados da boca. A língua gira pelos lábios com grande exagero.

Desastrosas lágrimas escorrem pelo rosto de Daniel, fuzilando os olhos vermelhos de seu pai, que se aproxima; e quando está bem perto de seu rosto, ajeita um dos fios de cabelo sobre sua testa. O sorriso é diabólico.

— Onde estava o menino Daniel? — sua voz soa debochada.
— Cuidando da mamãe?

Seus olhos brilham em triunfo sobre o filho. A voz grave engatilha:

— O que foi feito, foi feito, meu caro! Carregue com você minhas últimas palavras: Lucas sangrou com o meu sangue!

Seus dedos, com peso sepulcral, fecham os olhos de Daniel.

Lucas sangrou com o meu sangue! A frase vil do pai continua reverberando nos ouvidos de Daniel. *Não, ele está enganado! Isso não é verdade! Mesmo depois de morto quer me atingir?*

Imóvel e em total escuridão, escuta alguns sussurros.

"E apalparás ao meio-dia, como cego apalpa na escuridão, e não prosperarás nos teus caminhos; porém, somente serás oprimido e roubado todos os dias, e não haverá quem te salve."[16]

---

[16] Deuteronômio, 28:29.

Capítulo 15

Alguém... por favor, alguém...

O formigar intenso toma conta de seu braço, provocando um leve gemido ao despertar. Quando tenta mover o corpo, sua mão trava em uma forte câimbra. As pálpebras se agitam até que, aos poucos, liberam a visão. O cérebro entende que a posição em que se encontra está colocando todo o peso sobre o braço direito; então, automaticamente, gira, tombando de costas no chão. A batida seca faz com que gema mais alto, e os pulmões insistem em expulsar o ar quente, promovendo estalos nas costelas.

Precisa de um tempo para que os músculos comecem a relaxar. Seus movimentos se reiniciam, até conseguir se erguer com a ajuda dos braços doloridos. A circulação é recobrada.

Seu olhar percorre em dúvida o ambiente; logo reconhece o corredor empoeirado, abafado e dramático. Ela estranha que o caminho pareça ser mais longo nas duas direções.

Numa tentativa de se recompor, Alana quer ajeitar os cabelos, mas a poeira entrelaça os fios e seus dedos desistem, irritados.

Ao olhar para ambos os lados, como uma cópia, estes apresentam uma mesma imagem. À pouca luz tremulam longas distâncias que aparentam não ter fim. O silêncio confirma ser a única ocupante, e já suspeita de que não há mais vida nas companheiras.

Respira fundo e tenta se concentrar em como sair do maldito lugar.

Escolhe uma das direções. Inicia passos receosos, descalços, sobre a camada de poeira. O ar abafado parece pressionar as partículas. Os movimentos dos pés não deixam rastros. Enquanto caminha, seus olhos desconfiados notam algo bem esquisito no corredor: uma sequência contínua e idêntica de sombras intercaladas pelo caminho, como portas mergulhadas na escuridão.

Ela se aproxima de um dos vãos. Com a mão direita começa a investigar, até que toca numa superfície fria e áspera. Dá leves batidas com o punho fechado. O ferro responde num ressoar longo e grave. Ela repete o mesmo movimento nas demais sombras, e o som é o mesmo. Com as duas mãos, passa a empurrar cada porta.

Todas estão trancadas.

Seus pulsos já sentem o grande esforço da repetição e, mesmo doloridos, não desistem. O ar abafado faz seu corpo desacelerar.

O suor escorre pelo pescoço, pelo peito e desce até a barriga; o tecido da camisola cola na pele grudenta. Pensamentos se confundem entre esperança e fracasso, mergulhando-a num inevitável desespero.

Alana para diante de uma das portas, que responde de forma diferente. Por breves instantes permanece imóvel, até captar algo se movimentando do outro lado. Ela se aproxima, assim como os passos atrás do ferro. O ar se torna mais denso, e sua respiração, mais pesada. A exaustão desafia seu equilíbrio.

Os olhos percorrem o material escuro, e então ela joga o corpo contra a porta. A pancada faz a chapa vibrar, e os passos se distanciam rapidamente. Seu corpo desliza pela superfície áspera, com os joelhos alcançando o chão.

— Alguém… por favor, alguém… — Alana sussurra.

O silêncio a faz chorar. Entre soluços, mergulha em pensamentos, sua única forma de companhia.

Sabe que o fim está próximo.

Suas lembranças respondem, confortando-a com a certeza de que nada fez de errado para terminar num lugar como este. Boa filha, boa esposa e uma mãe zelosa, é tudo de que se lembra. A consciência tranquila acalma o choro, mas o ódio cresce, alimentando o desejo de vingança. Mesmo sem poder realizá-lo com as próprias mãos, ela sabe que todos os culpados serão punidos. Um por um, eles cairão em suas próprias armadilhas. A sua ausência física assombrará os pensamentos deles dia após dia, transformando suas conquistas em fracassos.

Um rangido áspero recomeça atrás da porta. Os pensamentos de Alana são interrompidos ao se atentar ao ruído, que se torna mais alto. O ranger insiste como uma sinfonia de roldanas enferrujadas. Contínuas vezes.

Um alvoroço metálico e ensurdecedor explode, como objetos lançados ao chão. Em sobressalto, Alana se afasta.

Uma corrente fria percorre o corredor; e sua pele responde com fortes arrepios à temperatura e ao seu péssimo pressentimento. Alana se encolhe, tem certeza de que algo vai abordá-la em pouco tempo.

O ruído da porta ao ser destrancada a faz saltar. Seus olhos assustados acompanham o longo ranger. O rosto se retrai quando recebe a luz do interior do cômodo, luz que oscila entre forte e fraca, em pulsação constante. O odor ácido empesteia o corredor.

Alana franze a testa e se obriga a respirar pela boca.

Com movimentos cautelosos, decide arriscar. Já no interior do cômodo, seu olhar demora a se adaptar.

Uma grande bancada de mármore ocupa uma das paredes revestidas com azulejos encardidos. A sala não tem janelas, o ar abafado concentra um cheiro ácido. Sem conseguir controlar, Alana tosse repetidamente. Com a mão esquerda cobrindo o nariz, insiste em explorar o ambiente sombrio. Seringas, frascos e pequenas caixas se misturam em uma pia de metal. Próximo a ela, diversos instrumentos cirúrgicos estão banhados em um líquido turvo numa grande bandeja de aço. Alana se afasta até que esbarra num armário de ferro. Ela aperta os olhos para tentar entender, na penumbra, as formas que ocupam as diversas prateleiras. A luz oscila; quando se torna mais forte, ilumina os diversos potes de vidro, todos cheios até a tampa. Ela reconhece as formas de seus conteúdos e logo relembra das hóstias engolidas no cárcere.

Seu coração acelera.

A ansiedade toma conta de seu corpo quando a luz enfraquece de novo. Suas mãos insistem nas portas de vidro, alcançando pequenos cadeados travados. Afasta-se e tenta procurar algo que a ajude a quebrar o vidro, mas a luz não ajuda. Contornos de uma forma quadrada sobressaem na parede ao lado do armário; ela se dá conta de que se trata de uma caixa de luz para radiografias. Os dedos percorrem sua moldura, até que um clique torna a caixa iluminada. Ela demora a entender. Diversas radiografias estão distribuídas sobre o acrílico leitoso. Alana observa cada uma delas. Fissuras, fraturas e até amputações se distribuem num painel de horrores.

Algo se manifesta no cômodo. Alana se vira e procura identificar de onde vem a respiração pesada. Olha de um lado para outro. O som angustiante de alguém suplicando por ar aumenta.

A iluminação, que ganha força, destaca uma cortina divisória na sala. Alana desiste do armário e caminha em direção ao som que vem de trás do tecido. Imaginando que possa ser uma das mulheres aprisionadas, afasta de uma vez a cortina. Seus olhos cheios de medo varrem o centro cirúrgico improvisado. No chão sujo, instrumentos médicos adornados de ferrugem, exaustos pela eficiência de seus serviços, agora estão descartados em torno da maca. Estampas de sangue mancham algumas partes do lençol que cobre um corpo, contornando o esforço de sua respiração.

Sem hesitar, Alana puxa o tecido e descobre-o por completo.

Ela leva as mãos ao rosto, calando um grito de pavor.

Largas correias de couro envolvem as pernas, braços e cabeça.

Seus olhos pousam, incrédulos, sobre Daniel.

Nos braços presos destacam-se furos de agulha, envolvidos por manchas púrpuras de sangue seco. Nas pernas, largos fios desenham suturas grotescas sobre vários cortes.

As correias de couro rangem com os espasmos involuntários de Daniel. Ela se aproxima do rosto dele; os olhos turvos e secos encaram o teto, possuídos de terror. O som repulsante da garganta engasgada insiste entre os lábios trêmulos.

Ouve palavras abafadas.

— ... me ajude...!

Ela encara em silêncio o pedido de socorro de Daniel, como se o tormento dele a aliviasse de alguma forma. Seus pensamentos permanecem dormentes, até que o marido emite o último sopro de vida.

— Não, não! Isto não é real! — consegue dizer. — Você não é real... nada aqui é real! — começa a esbravejar, como se alguém assistisse à cena de algum lugar.

— Vamos! Apareça! — Alana gira de um lado a outro. — O que quer de mim? — Um sorriso abre-se trêmulo em sua face. — Não, não. Não acredite nisso, Alana! — As mãos esfregam nervosamente seu rosto, enquanto se afasta da maca.

— Não, você só está aqui há muito tempo... você... você só está delirando. Só isso!

A luz volta a oscilar. Quando ela atinge seu brilho máximo, Alana alcança o corredor sem olhar para trás.

Capítulo 16

Não... Não...

Um, dois, três.
Três, dois, um.
Éramos três... depois dois... e agora só um.
Um?
Zero.

Alana repete diversas vezes, como um mantra, enquanto caminha pelo corredor sem fim. Sua voz soa fraca e desafinada, mas mesmo assim insiste. Segue em frente, ignora todas as portas fechadas que surgem no estreito caminho, como rostos no escuro a zombarem de seu esforço inútil. As palavras saem mais pausadas, acompanhando a lentidão dos passos. Esfrega os olhos, vermelhos de poeira e exaustão.

Zero... zero...

Tenta reiniciar.

Já não conseguindo aguentar o próprio peso, abre os braços para se apoiar nas paredes. Seu fôlego escasso impede que emita palavras e, no instante em que perguntas inundam seus pensamentos sobre o que aconteceu, obriga a mente a repetir suas palavras.

Um, dois, três.
Três, dois, um.
Éramos três, depois dois e agora só um.
Zero.

As frases tomam força, bloqueando as perguntas assombrosas. Alana fecha os olhos, e os números começam a passear por sua mente. Brilham, pulsam, dançam, até que pousam na superfície branca.

Tique-taque, tique-taque.

O som confortante do relógio de parede canta em seus ouvidos. A forma pomposa eleva-se diante de Alana. Percorre com os olhos os números, até se concentrar no ponteiro mais longo.

Ela aguarda sua descida, que não acontece. Velhos conhecidos se encaram em silêncio.

O pêndulo dourado, imóvel, reflete seu rosto. Reiniciando em um movimento inverso, reflete, também, alguém atrás dela.

O pêndulo desaba, assim como seu corpo.

As mãos se arrastam sobre o piso empoeirado ao se erguer lentamente. Alana mantém a cabeça baixa, mesmo ficando de pé. Suas costas ardem quando a camisola toca os arranhões; e, enquanto tateia os cortes, seu rosto encara o fim do corredor.

Reconhece a repudiada porta de ferro do maldito cárcere.

Não... Não...

Ouve o terrível barulho de sua fechadura enferrujada. Sabe que uma, duas voltas e ela estará aberta. É o que acontece. Suas dobradiças produzem ruídos ásperos já bem conhecidos.

Alana permanece imóvel enquanto a porta se abre.

Já imagina seu corpo sendo capturado e cruelmente descartado na própria cela. Sente-se anestesiada, pois nada mais pode fazer. Recorda que, na infância, acreditava que a morte poupasse a visão dos que levava. Primeiro, convidaria sua alma para um longo passeio, distraindo-a enquanto a foice cortaria os sonhos no corpo. Depois, a conduziria por campos cobertos de neve para, por fim, soltar sua mão, e os ventos gelados a levarem para bem longe, até pousar na terra do esquecimento.

Sem medo, Alana entra no cárcere. Olha de um lado a outro e, mesmo na penumbra, percebe que não há mais celas. Aperta os olhos e procura entender de onde vem o som. Como um sopro, bem baixo e cada vez mais próximo.

Mais um passo e alcança uma pessoa sentada de costas para ela. Uma mulher.

Reconhece o pente desprezado entre emaranhados fios de cabelos brancos que pousam sobre o uniforme, agora desalinhado e encardido. Sopros mais fortes fazem o corpo da enfermeira se agitar, e Alana logo ouve um rangido. Alana observa as grandes rodas com suas borrachas gastas aderidas ao chão.

Dora permanece de costas.

Uma tosse repugnante faz o corpo dela trepidar, e o pente cai direto no chão. Ainda em silêncio, Alana nota o esforço dos braços trêmulos tentando alcançá-lo, em vão, pois as mãos esquálidas sondam o lado oposto ao da queda do pente. Solta um gemido irritado diante do fracassado resgate. Uma aflição contínua faz o corpo debater-se.

Intrigada, Alana se aproxima com cuidado.

Caminha em torno da cadeira, e o que vê lhe causa repulsa.

Dora teve os olhos arrancados, e as pálpebras, que estão ao contrário, vibram aflitas sobre buracos negros. A pele de seu rosto traz um aspecto mórbido, envolvendo algum resto de vida. Seu tronco, inquieto, escorrega sobre o couro do assento, e nesse momento Alana nota a ausência de suas pernas.

Outra tosse, repentina e ruidosa, assusta Alana, que emite um ruído de espanto. Dora direciona para Alana as órbitas vazias e começa a farejar em sua direção.

Sua voz, longe de como era, soa desafinada e desconfortável.

— Quem está aí? — Dora faz sua garganta sofrer.

Alana, sem palavras, fita o semblante com pavor. Dora se agita ainda mais, então ela se obriga a dizer algo:

— D... Dora... sou...

Dora fica paralisada diante do que ouve. Alana não termina suas palavras.

A pele macilenta da testa se franze, e resquícios de lábios se apertam em sinal de aborrecimento. Em pouco tempo movem-se de novo.

— Você... como ousa voltar aqui? Eu abri a porta para vocês... — a voz dela falha, enquanto o peito chia em busca de ar.

Alana ergue uma de suas mãos para tentar ajudá-la, mas, antes de tocá-la, recua bruscamente.

— Eu as avisei, as alertei. Existir neste lugar tem seu preço... você pode ver. Eu fiz o que pude... — Dora murmura, com a voz recuperada.

— Dora... não precisa... — Alana a interrompe.

— Você não entende! Estamos no abatedouro de sua maldição! — Dora se exaspera.

Diante dessas palavras sem sentido, Alana a observa com espanto. Mesmo sem enxergar, Dora parece notar seu olhar desconfiado. Uma irritação transparece no rosto dela.

— Você não acredita, não é? Pois estou aqui há muito tempo... há muito tempo — pronuncia com lábios quase cerrados.

De repente, as mãos de Dora, precisas como as garras de uma ave de rapina, prendem um de seus pulsos. Sobressaltada, Alana tenta se desvencilhar. Em vão. Em seguida, apertam seu braço com tanta força que ela já sente a mão dormente.

— Dora, me solte, você está me machucando!

As duas medem forças, até que Dora cola o rosto ao de Alana, que desvia os olhos dos buracos negros.

— Escute bem mais este aviso que lhe dou. O ritual foi quebrado, ouviu? Sempre alimentamos suas exigências mais sombrias e, na principal, fracassamos. Todos vão pagar por isso, todos!

Dora solta seu braço com rispidez. As rodas rangem enquanto se afasta.

Alana, massageando o pulso, tenta recomeçar:

— Dora, o que... por que Gael fez isso com você?

Dora para e vira o rosto em sua direção.

— Não foi ele!

— Como assim, Dora? Quem mais poderia ter feito isso? O que ele fez com a gente...

— Shhh! — Dora pede silêncio. Em seguida, fala mais baixo. — Este lugar se alimenta de almas, e a dele já foi condenada... ele é escravo daquilo...

A exaustão a faz pausar.

Pancadas soam do lado de fora do cárcere, como se portas e mais portas se abrissem e se fechassem ao mesmo tempo em um vasto corredor.

Alana recua, os olhos fixos no vão da porta.

Dora permanece imóvel, como se algo a vigiasse. Alana sente o desconforto transparecer e, para seu espanto, Dora recomeça com a voz recuperada, soando exatamente como tempos atrás. Aguda, quase infantil.

— Meu nome é Dora. Enfermeira desde cedo. Vou cuidar muito bem de você. Gosto de tranças, você gosta? Posso fazer em você? Gosto de tranças... gosto... sou enfermeira... desde que sou Dora... — Uma tosse profunda interrompe suas palavras. A falta de ar faz seu corpo contrair-se.

As pancadas do lado de fora soam mais fortes, e mais perto.

O vão se torna negro. Alana observa a grande nuvem escura invadir o cômodo e apagar por completo a presença de Dora. Sem conseguir se mexer, Alana também é engolida pela escuridão.

Vibrações turbulentas envolvem seu corpo, que estremece em calafrios. Vários toques são sentidos, mas nenhum deles consegue agarrá-la, enquanto sussurros incompreensíveis giram em torno de sua cabeça.

Vozes discutem, gritam, indecifráveis, soltas num redemoinho frenético em torno de seu corpo. A atmosfera de cólera atinge o ápice, até cessar por completo.

Aos poucos, a nuvem desiste do cárcere, seguindo o grande vácuo em direção ao corredor. Ainda trêmula, Alana tenta se recompor.

Caída à sua frente, a cadeira vazia. Uma das rodas ainda gira, até perder força.

* * *

As lâmpadas piscam insistentes, e todas as seguintes se acendem. Alana olha para cada uma delas; a última ilumina uma outra porta. Ela demora a entender, mas se lembra de que é a primeira porta pela qual entraram depois da terapia.

Seu corpo dolorido insiste até alcançá-la. As mãos trêmulas tocam na superfície gelada e, para seu espanto, sem nenhum esforço, consegue abri-la. O túnel iluminado surge, e seus olhos demoram a se acostumar com a luz intensa, como se o sol o banhasse por completo. Ela hesita, mas finalmente a esperança de liberdade ilumina seu corpo.

A cada passo, a respiração se acalma ao inalar o ar puro. Percebe o corpo mais leve, e permite-se exalar um suspiro de alívio. O calor do sol reanima sua pele e já sente o rosto corar. Mergulhando no conforto dessa luminosidade, os olhos de Alana fecham-se em êxtase. A ausência de som embala sua mente, expulsando qualquer pensamento ruim, e ela se deixa levar como num sonho bom depois dos pesadelos.

Alana? Alana?

Seu nome insiste em algum lugar.

Seu sonho se dissipa no vácuo. Os olhos ficam em alerta para o chamado.

A voz grave é inconfundível.

* * *

Diante do círculo de cadeiras, Alana reconhece a sala de terapia.

— Alana! — a voz soa logo atrás dela. — Sei que está me ouvindo.

Aos poucos, gira o corpo, e seu olhar o alcança em uma das cadeiras. Ela se surpreende ao encarar um Gael descorado e abatido. Anos parecem ter atropelado o homem que antes era puro vigor. Nota ainda visíveis arranhões no pescoço dele, desenhando uma derrota óbvia. O profundo olhar de desânimo a encara, e ambos passam um tempo sem nada dizer.

* * *

— Este lugar foi meu sonho e se tornou minha ruína — Gael suspira enquanto afrouxa a gravata, e seu colarinho raspa sobre os arranhões. Ele responde com uma careta de dor.

— Este foi meu grande projeto: o Sanatório Montealto — ele ergue e abre os braços, louvando sua grande construção. — Quando construí este lugar, eu estava no auge de tudo: médico renomado, feliz no casamento e com uma filha linda. O trabalho era meu combustível... mas minha ambição me cegou.

A cada palavra dita, o rancor aquece seu sangue. Assistir à postura dissimulada do médico provoca em Alana uma grande raiva. As palavras borbulham na garganta. De forma ríspida, tenta interrompê-lo:

— O que você fez?! Que lugar é este?

Suas perguntas não causam efeito, ele age como se não a ouvisse.

— Bem que me avisaram! — prossegue, lançando seu olhar para o nada, como se mergulhasse nos próprios arrependimentos. — Sabe, quando cheguei aqui pela primeira vez, fiquei deslumbrado com este terreno. Flores e mais flores de divinas cores que exalavam um perfume encantador... Não tive dúvida. Aqui, trabalho e família se realizariam. Fiquei obcecado. Bem próximo havia uma pequena vila, com poucas pessoas, gente simples, trabalhadoras e muito religiosas. Eu as sondei por um bom tempo, ofereci fortuna pelo terreno, mas rejeitavam. Não somente o dinheiro, mas também não queriam falar sobre este lugar. Diziam que era tudo amaldiçoado — Gael faz uma longa pausa.

Alana decide manter-se em silêncio e o observa com cuidado.

— Lógico que não acreditei e insisti. Até que os provoquei com minha arrogância ao perguntar: "Então por que moram tão perto deste lugar maldito? Falem logo quem é o dono desta porcaria e entrego o dinheiro. Tenho que iniciar minhas obras, mas preciso da porcaria de um documento!" Ainda me recordo de seus olhares ofendidos.

Gael curva as costas, esfrega as mãos e solta seu ar pesado.

— Um deles, o mais velho da vila, se aproximou. Ajeitou o chapéu de palha, e eu encarei seu rosto sob a sombra. Seus olhos eram de um verde raro. As pessoas à sua volta abaixaram a cabeça, e um grande silêncio tomou conta do lugar. Com toda calma, ele me respondeu: "Este lugar não está à venda, senhor. Esta vila existe há muito tempo. E, de geração em geração, foi ensinado aos moradores que todos deveriam proteger este lugar. Se ninguém os importunasse, a terra em seu entorno sempre seria próspera. Assim nos mantemos como guardiões de seu sossego. Em troca, vivemos em paz, e assim será".

— Decidi recuar, mas aquilo não me deixava em paz. Este lugar tinha de ser meu. Cheguei ao ponto de observá-los de longe, todos os dias. Parava meu carro numa posição de onde tinha uma visão da vila sem ser notado. As casas eram de madeira e não tinham luz elétrica, pareciam viver em outro século. A rotina era sempre a mesma, e viviam com o que produziam. Não havia nem um carro sequer na vila. Ninguém chegava e ninguém saía. Um povo quieto e isolado. O tempo passou e, enquanto isso, reuni meus contatos: advogados, políticos... — Gael coça a barba crescida, os olhos fitam o nada, como se contasse a história para si mesmo. — E consegui expulsá-los daqui.

— Naquele dia... naquele dia — Gael dá um sorriso desajeitado —, voltei com uma grande equipe de homens, com suas máquinas barulhentas e possantes, para derrubar as casas. Caíam como castelinhos feitos de carta de baralho diante de olhares tristes e choros infantis. Me senti poderoso — seus olhos se tornam úmidos, dá um leve pigarreio para ajeitar a voz e então prossegue:

— Aluguei dois ônibus para levá-los embora, assim como um caminhão para transportar os animais. Eles não tinham malas, suas roupas eram envoltas em sacos improvisados feitos com lençóis. Bacias e caixas de madeira carregavam poucos utensílios... E eu, assistindo a tudo, de braços cruzados, sentado no capô de meu carro importado. Nunca mais procurei saber dessas pessoas; a única coisa que sei é que foram para bem longe.

Antes de partirem, o mesmo senhor, com roupas gastas, se aproximou. Ele me olhou com seus olhos estranhos e, com a voz baixa e rouca, me falou: "Está satisfeito, senhor? Pois tenho que lhe avisar. O senhor conseguiu chamar a atenção com sua arrogância, sua maldade e, principalmente, sua falta de fé. Ele não quer sua proteção, senhor. O senhor sabe que, quando o mal adormece, ele cresce. E quando acordar a sua fome, vai ter que se alimentar. Passar bem, meu caro!"

— Pela primeira vez fiquei sem palavras. Ele acenou com o seu humilde chapéu de palha em despedida e me deu as costas — Gael passa as mãos nos cabelos desalinhados, expondo uma fisionomia de profunda tristeza.

— Meses e meses de obras, muito dinheiro gasto, todo o meu dinheiro. Muitos acidentes ocorreram, e até vidas este lugar consumiu. Mas eu estava obcecado — Gael se levanta da cadeira e, em silêncio, caminha na direção dos janelões. Em cada uma das janelas, afasta os longos tecidos das cortinas.

O sol invade a sala. Alana observa o imponente jardim surgir através delas. Seus olhos brilham encantados; sem demora, ela se aproxima, pousando as mãos no vidro, e suas palmas, finalmente, se aquecem com a luz natural. Todas as cores pincelam uma paisagem perfeita diante de si. Parado a seu lado, com os braços cruzados para trás, Gael recomeça:

— Uma vez pronto, comecei a trabalhar de maneira intensa. Transferi vários pacientes de hospitais do centro urbano para este local. Não demorou a se tornar referência em psiquiatria. Recuperei minha fortuna e decidi trazer minha família para morar aqui; imagine, um lugar abarrotado de loucura, sofrimento e dor. Morávamos os três no andar de cima: um luxuoso e espaçoso apartamento com vista para este lindo jardim. Apesar de todo o conforto, minha esposa não se sentia bem aqui. Eu falava para ela que era uma questão de tempo, que ela iria se acostumar. Nossa filha, ao contrário, se adaptou rápido. Ela adorava o jardim. Todos os dias, fizesse chuva ou sol, lá estava ela. Passeava de um lado a outro; ao voltar, me contava de suas descobertas e aventuras. Um dia, me revelou que conseguia falar com as flores, e que elas respondiam em sussurros em sua cabeça. Contavam que já foram pessoas e que um homem muito mau, com sua poção mágica, as transformou em plantas com imensas raízes, para nunca mais deixarem este lugar. Coisas de criança, eu pensava. O tempo passou, mas minha esposa ficava cada vez mais incomodada. Começou a sofrer de insônia crônica e eu, com o intuito de ajudar, passei a lhe ministrar remédios para uma leve sedação — Gael interrompe sua história. Ergue a cabeça para admirar o céu azul. Alana o imita, bebendo do puro azul no horizonte.

— A saúde de minha bela e doce esposa se fragilizou, e ela caiu de cama. Muito ocupado, não dei atenção quando me falava de seus pesadelos. Ela tentou, por várias vezes, me convencer de que este lugar é que a estava adoecendo. Ela tentou me avisar também — Gael observa o balanço das folhas que caem sobre a grama.

— E, como se encontrava sempre indisposta, nossa filha ficava mais aos cuidados de Dora, já que eu trabalhava tanto. Dora a amava — Alana repara nas lágrimas de Gael por seu reflexo no vidro. — Marta. Marta era o nome de minha esposa. Ela recebeu todo cuidado e carinho de todos nós, mas isso não impediu sua transformação. Comportamentos cada vez mais alterados e estranhos, bizarros até. Sua comida só era aceita se jogada ao chão; carne crua era sua exigência. Eu fazia tudo por ela. Dora sugeriu que ela fosse transferida para a ala dos pacientes, pois deveria iniciar um tratamento urgente. Lógico que não lhe dei ouvidos; não poderia afastá-la de nós. Comecei a lhe dar medicações mais fortes, mas de que nada adiantavam. Quando ela se tornou agressiva comigo e com a nossa filha, me convenci de que não poderia mais mantê-la em nosso convívio. Inventei uma história para nossa filha. Contei que mamãe iria fazer uma longa viagem de férias para recuperar a saúde. Esperei-a dormir. Em seguida, eu e Dora passamos a madrugada preparando um novo quarto no porão. A aparência de minha doce Marta foi se deformando, e ela, definhando. Eu acreditava que podia curar sua profunda enfermidade. Ela nem me reconhecia mais, e já não falava. Seus olhos turvos me pediam ajuda. Certo dia, um dia muito incomum, cinzento, todos os pacientes ficaram fora de controle. Tive que deixar nossa filha no meu consultório e a avisei que não saísse de lá por nada. Eu e Dora não estávamos dando conta de orientar a grande equipe de enfermeiros e médicos; demorou um bom tempo para conseguirmos controlar a situação. Voltei para a minha sala, mas ela não se encontrava ali. Eu e Dora vasculhamos o prédio... e nada. Seguimos para o apartamento. Lembro bem de que nos entreolhamos várias vezes, como se soubéssemos que algo estava errado, muito errado. Nós corremos e descemos ao porão. A porta estava aberta. Foi um mau presságio que se confirmou da pior forma possível. Marta encontrava-se de costas, curvada sobre... Eu só me lembro da trança dourada de Mariana sobre uma poça de sangue... e o som... o som da carne rasgando. Marta não demorou a se virar, exibindo... — Gael perde as palavras, para em seguida expulsá-las com um suspiro. — O sangue de nossa filha escorria de seu sorriso inumano. Paralisado, eu mal conseguia respirar. Dora correu e agarrou Mariana em seus braços, era como uma boneca quebrada. Marta rodopiava em uma valsa insana, e ali percebi que ela não mais pertencia ao gênero humano. A maldição dominou este lugar, mas não a abandonei: minha doce Marta estava possuída. Passei semanas naquele porão vendo-a amarrada como um animal selvagem. Meu medo era imenso. Então comecei a orar. Orar, orar, como se pudesse acordar minha fé, que havia tanto tempo tinha abandonado. Busquei por suas palavras tantas vezes, que sei de cor a Bíblia. Mas me enganei... minha fé tardia não a recuperou. Após dias de pura tormenta, ela não aguentou. Sua vida se foi numa tarde de domingo. Na segunda-feira chuvosa, enterrei-a ao lado de minha filha neste belo jardim.

Alana se aproxima de Gael e para logo atrás dele.

Os dois observam movimentos além dos arbustos, como se uma rajada de vento surgisse do nada. Gael continua:

— Até que ele surgiu, tocou em meu ombro e anunciou:

— *Se quiser salvar suas almas, quatro vidas para quatro estações. Alimente o meu jardim e elas serão poupadas.* — E mais uma vez encarei aquele senhor da vila sem nada conseguir dizer.

Gael abre o paletó e retira um envelope do bolso. Alana encara, com pavor, as letras, tão bem desenhadas da caligrafia de seu filho. Suas mãos trêmulas recebem o envelope.

Gael permanece em silêncio.

O papel, com algumas manchas de sangue de seu acidente, comprova sua veracidade.

"Mãe,
Não tenho muitas palavras para explicar o que eu fiz. Você me conhece, nunca fui bom em expressar o que sinto, mas depois que visitei meu avô em seu leito de morte, decidi expressar minha dor da pior forma.
Não aguentaria conviver com a verdade que ele me confessou.
Por que deixou acontecer?
Tomara que você se encontre, porque eu já me perdi.
Adeus."

Sua parte sombria começa a dominá-la. A inevitável tormenta engole sua mente, devastando muros e ruínas. E cospe, sem gentilezas, seu verdadeiro lado.

As rasuras que ocultavam suas mentiras, agora dissolvidas, narram vivamente em suas lembranças a detestável e real versão.

Seu pai sempre a alertava para que buscasse por meio da fé a luz interior, pois vaidade e maldade gostam de sombras.

Ela fez sua escolha.

Sempre em busca de uma vida estável e cercada de luxo, Alana alimentava as sombras com as melhores armadilhas: sua beleza e sedução e uma pitada de estudada ingenuidade. E constata, por fim, que naquela noite, no quarto de Daniel, foi bem conveniente que, liberada pelo álcool, as tivesse praticado com o pai dele, sem nada comentar depois com nenhum dos dois.

— Arrogância, maldade e falta de fé são os temperos de que ele mais gosta. E, desde que seu terreno foi invadido, seu faro alcança cada vez mais longe — Gael interrompe os seus pensamentos.

Os dois olham novamente para o jardim. Com a pá fincada na terra à sua frente, Heitor retira o chapéu de palha com as duas mãos. Seus olhos, de um verde incomum, encaram Alana enquanto acena com a cabeça:

— Se quiser salvar a alma de seu filho, também tem que semear sua terra.

Gael o encara.

Pela primeira vez, Alana não sabe o que dizer.

Capítulo 17

Calmaria forçada

Gael segura uma pasta aberta diante dos olhos. Analisa linha por linha, em uma leitura silenciosa. Ajeitando-se na cadeira, resume para a nova paciente:

— Bem, vamos lá... — ele alinha a gravata escura enquanto a encara. — Deixe eu ler para você: "Sara Álvares Vidal, 26 anos, trabalhou como secretária em um grande escritório de advocacia por cinco anos e, nos dois últimos, conquistou o cargo de secretária executiva do principal sócio, Daniel Motta" — Gael ergue os olhos e a encara com desconfiança, retornando à leitura — "Funcionária exemplar, com muita facilidade de comunicação e entrosamento com a equipe, até que comportamentos inadequados começaram a interferir em seu trabalho e no dos outros. Crises nervosas se tornaram constantes, desencadeando surtos. Colegas relatam que, durante sua pior crise, proferia palavras desconexas; passou a insistir em termos como 'demônios' e 'maldição'. Logo após, atentou contra a própria vida, cortando os pulsos diante de todos. Sua inconsciência permitiu que a levassem para o hospital. Após alguns dias, com o quadro estabilizado, voltou a manifestar crises nervosas em que ficava cada vez mais claro sofrer de desequilíbrio psicológico. Sua solicitação de transferência foi feita com urgência por sua família".

Sara tenta desvencilhar seus braços das correias presas à cama. Seu grito ecoa pelo pequeno quarto, incomodando Gael.

— Acho que ficará mais confortável com uma presença feminina. Vai ajudá-la a se acalmar — Gael se levanta e, antes de sair, dá dois tapinhas em uma de suas pernas, também presa.

— Ficará em boas mãos antes de iniciar o tratamento.

Sara observa seu uniforme branco se aproximar. A voz feminina, calma e doce, se apresenta:

— Meu nome é Alana, vou cuidar muito bem de você.

Se você passa por dificuldades emocionais, sofre com a solidão e precisa ou quer falar com alguém, com total sigilo, pode chamar o Centro de Valorização da Vida — CVV, que presta apoio emocional e para prevenção do suicídio. O serviço é gratuito, por telefone, *e-mail* e chat 24 horas, todos os dias.

Informações sobre o atendimento 188

Impressão e Acabamento | Gráfica Viena
www.graficaviena.com.br
Santa Cruz do Rio Pardo - SP, ano 2021